リンスター公爵家長女
リディヤ

公女殿下の家庭教師 6

Tutor of the His Imperial Highness princess

「ん。帝国のとは色が違う」
ハワード公爵家次女
ティナ
四大公爵家であるハワード家に生まれながら魔法を全く使えなかった少女。アレンの指導の下、才能を爆発的に開花させ、王立学校に首席で入学した。

ハワード公爵家長女
ステラ
ティナの姉にして王立学校の生徒会長。アレンの指導の下、自分に自信を取り戻した努力家。
「これがガロア地方で採れた蜂蜜です！」
ティナの専属メイド
エリー
ハワード家に仕えるウォーカー家の跡取り娘で、ティナと共にアレンの指導でその才能を開花させたメイドさん。

「あ、こらっ！」
「え、えぇ!?」
リンスター公爵家次女
リィネ
リディヤの妹。炎属性極致魔法『火焔鳥』を拙いながらも操る。王立学校を次席で入学した才女。
メイド見習い
シーダ
謎の宗教、月神教を信仰する、リンスター公爵家メイド見習い。

「ひょいっと～」
はいからメイドさん
リリー
リンスター公爵家メイド隊第３席。
普段はちゃらんぽらんだが、非常
な才覚を持つ。どうやら『御嬢様』
と呼ばれる身分のようだが……

空間そのものが歪み、
軋み、悲鳴を上げ、
八本の鎖が次々と断ち切られ、
戦略拘束結界そのものが崩壊、
消滅しました。

「私の、邪魔を、
するなっ!!!!!!!!!!!」

「あの人なら乗り越えられる。大丈夫」

勇者

アリス

長い白金髪で、人形の如き美貌を持つ少女。『勇者』の称号を受け継ぎ、各国上層部からは恐れられている。人間の争いには基本関与せず、『世界』の敵にのみ、その剣を振るう。

005 プロローグ

020 第1章

086 第2章

155 第3章

228 第4章

298 エピローグ

315 あとがき

CONTENTS

Tutor of the
His Imperial Highness princess

公女殿下の家庭教師6

慟哭の剣姫と南方戦役

七野りく

ファンタジア文庫

2993

口絵・本文イラスト　ｃｕｒａ

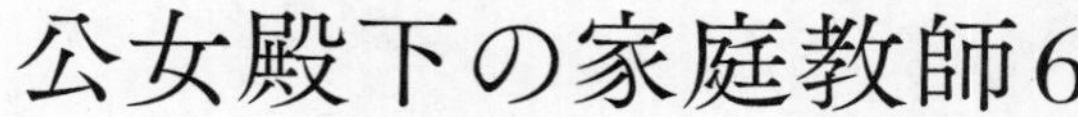

公女殿下の家庭教師6

慟哭の剣姫と南方戦役

Tutor of the His Imperial Highness princess

Wailing sword princess in the southern war

Character
登場人物紹介

公女殿下の家庭教師／
剣姫の頭脳

アレン

ティナたちの家庭教師。本人に自覚はないが、魔法の扱いは常識外れの優秀ぶり。

王立学校生徒会
副会長

カレン

アレンの義妹。しっかりものだが意外と甘えたがり。ステラとフェリシアとは親友同士。

王国四大公爵家（北方）ハワード家

ハワード家・
次女

ティナ・ハワード

アレンの授業によって才能を開花させた少女。王立学校に首席入学。

ハワード家・長女／
王立学校生徒会会長

ステラ・ハワード

ティナの姉で、次期ハワード公爵。真面目で人一倍頑張り屋な性格。

ティナの専属メイド

エリー・ウォーカー

ハワード家に仕えるウォーカー家の孫娘。ケンカしがちなティナとリィネの仲裁役。

王国四大公爵家（南方）リンスター家

リンスター家・長女／
剣姫

リディヤ・リンスター

アレンの相棒。奔放な性格だが、魔法も剣技も超一流のお嬢様。

リンスター家・
次女

リィネ・リンスター

リディヤの妹。王立学校に次席入学。主席のティナとはライバル同士。

プロローグ

「フェリシア御嬢様、もう少しでございます。この丘を登り終えましたら小休止を取りますので、もう暫くお待ちください！」

「は、はい。ごめんなさい、エマさん。うう……もう少し体力つけておけば良かった……」

私の背中から、リンスター、ハワード両公爵家合同商会――通称『アレン商会』番頭にして、とにかく愛らしいフェリシア・フォス御嬢様が顔を伏せられて、恥ずかしそうな声を出されます。

『オルグレン公爵を首魁とせし、貴族守旧派、謀反！』

本日未明、その急報を受けた私、リンスター公爵家メイド隊第四席エマ率いるアレン商会詰めのメイド達は、商館にて叛徒共の襲撃を迎え撃ち、撃退しました。

現在はフェリシア御嬢様を守護し、大混乱の王都を脱出。

王都南方の丘を登っている最中です。

アレン様より事前に『念の為、王都近辺で演習中の部隊を探らせておいてください』との御手紙をいただいていなかったら、今頃は……危ういところでした。

一刻も早く王都を脱出し、南都のリンスター公爵家へ状況を報告しなければ……。

ですが、フェリシア御嬢様は御身体がそれ程お強くない為、『フェリシア御嬢様の恋路をこっそりと応援する会』代表でもある私がおぶっている、というわけです。

これぞ、役得でございます。

丘を登り切り、私はフェリシア御嬢様を小さな岩の上へ降ろし、二十数名のメイド達に命を発します。

「小休止とします。周囲の警戒、怠りなきように。ハワード家の方々も」

『はいっ！』

疲労困憊な御様子のフェリシア御嬢様を囲み、防御陣形。次々と御世話を始めます。

「フェリシア御嬢様、お水をどうぞ！」「汗、お拭きしますね♪」「足、大丈夫でございますか？」「次は私がお運びしますっ！」「眼鏡も汚れておられますので、お拭きしまーす」

「ううう……だ、大丈夫ですっ！　もう！　み、皆さん、あ、あんまり、甘やかさないでくださいっ！」

フェリシア御嬢様が青白かった顔を真っ赤にされ、長く淡い栗色の髪を振り乱し、小さな両手を握りしめられながらメイド達へ喰ってかかりますが、皆は穏やかに笑うばかり。

……嗚呼、愛らしい御姿。戦意が漲ります。

必ず、無事に南都まで御連れしなくては！

長い白髪に金銀瞳。真っ白な肌の美人――リンスター公爵家メイド隊第八席のコーデリアが近づいて来て耳元で報告をしてきました。私とはメイド同期なので気安い関係です。

「(エマ、脱出したリンスターの御屋敷組と連絡が取れました。全員、無事なようです)」

「(了解です。良かった)」

少しだけホッとします。後は私達が脱出さえ出来れば……。

「あれ……お、王宮が!!!」

フェリシア御嬢様が悲鳴をあげられました。私達も一斉に眼下へ視線を向けます。

――王宮からは幾条もの黒煙が上がっていました。幾つかの尖塔はへし折れています。

未だ激しい戦闘中のようですが……魔法通信を傍受したところ、王宮へ殺到した叛徒共の中にはオルグレンが最精鋭部隊にして、大騎士ハーグ・ハークレイ率いる『紫備え』もいるとのこと。

如何に近衛騎士団と精強で知られる王族護衛隊がいても、多勢に無勢。陥落は時間の問題でしょう。

「……エマ様。追手です」

魔法生物の小鳥を飛ばし、周囲を警戒していた短い茶髪の少女――リンスター公爵家メイド隊所属のベラが私に報告してきました。

早朝来、魔力を酷使しているので明らかに疲労しています。魔法生物の長時間制御は熟練魔法士でも困難極まるのです。誰しもがアレン様のようにはいきません。

私は頷き、尋ねます。

「数と兵種は？」

「軽騎士が約五十。歩兵と魔法士はいません。機動力重視の編成かと」

「ふむ……。ベラ。もう、小鳥は退かせなさい。これ以上は身体に障ります」

今、この場にいるメイドの中で最年少、十五歳のベラが反撥します。

「いえ！　まだ……まだ、私は大丈夫です！　頑張れますっ!!」

「駄目です。私はアレン様に『皆さんの安全を第一に』と、仰せつかっています。あの方にお叱りを受ける勇気は私にありません」

「………………はい」

「貴女はよくやってくれました。後は任せてください」

私はベラの肩を軽く叩きます。この子のお陰で、王都内の突破は容易となりました。

水筒の水を一生懸命飲まれているこんな時でも、愛らしい御嬢様に向き直ります。

「フェリシア御嬢様、追手のようです。御嬢様は皆と先をお急ぎください。殿は私が務めます。コーデリア、一時的にメイド隊の指揮権を移譲します」

「了解です」

眼鏡の奥の瞳が大きくなり、フェリシア御嬢様が立ち上がられました。

「エマさん⁉　そんな……そんな危ないこと、み、認めませんっ！」

「ありがとうございます。でも、大丈夫でございますよ。これでも、私は」

突然、横から声が飛んできます。

「──フェリシア御嬢様、私も殿を務めますので御安心ください」

「サリーさん⁉　で、でも……」

しれっと志願をしてきたのは、ハワード公爵家のメイドさんでした。

耳までのブロンド髪な眼鏡美少女。小柄な身体に大きな胸で一見無表情。頑固な人なので、短時間の説得は困難です。

……致し方ありません。私は愛らしい御嬢様の両手を握りしめます。

「今はこれが最善でございます。すぐに追いつきます。心配は御無用に」

澄んだ瞳が葛藤を示します。

この御嬢様は、私のような南方島嶼諸国の移民出、黒茶髪褐色肌の『姓無し』に対しても、一切の偏見を持たれないとてもお優しい御方なのです。

やがて、フェリシア御嬢様が頷かれました。

「……分かりました。でも、御二人共、すぐに追いついてくださいね？　これはアレン商会番頭としてではなく、貴女達の友人としてのお願いです！」

「「はい♪」」

私とサリーさんは優しき番頭様に微笑みます。心が温かくなります。メイド達に号令。

「では――皆！　準備を!!」「立ち止まらずに行くように」

『はっ!!!』

「え？　ええ？？　えええ!?　ち、ちょっと、エマさん!?　サリーさん!?」

フェリシア御嬢様を四人のメイド達が抱きかかえ、皆もすぐさま走り出します。

御嬢様は振り返り、叫ばれます。

「すぐ……すぐ、追いついてくださいねっ！　先に行って、待ってますっ！　待ってますからっ!!」

本当にお優しい御嬢様……。私達は頷き、手を振り続けます。

御嬢様と皆の姿が見えなくなった後、私は隣の無表情眼鏡メイドさんへ問いかけました。

「……どういうつもりですか？　サリーさん。御嬢様の守護を手薄にするのは……」

「どうもこうもありません。貴女だけにカッコつけさせるわけにはいきませんので」

「それが、ハワード公爵家メイド隊の教えだと？」

無表情眼鏡メイドさんは、淡々と事実を突き付けてきます。

「『万が一、王都で万が一、変事が起こった場合、単独行動は厳禁とします。エマさんとサリーさんもですよ？』と御手紙には書かれていたような？」

「うっ……」

痛い所を突かれた私は口籠ります。確かに東都から届いたアレン様の御手紙には、フェリシア御嬢様に内緒で私達へ幾つかの指示が書かれていました。

サリーさんは一見無表情。眼鏡のつるを弄っているだけ。ですが……私には分かります。

今、この子、ニヤニヤしていますっ！

性格が悪い子っ!!　溜め息をつきます。

「はぁ……。薄々思っていましたが、あの御方、本当に過保護ですよね。私達に対しても」

無表情眼鏡メイドさんが腕組みをし、うんうん、と頷きます。

「同意します。ですが——嬉しいです。殿方は皆、私を何故だか怖がるので。私程、か弱いメイドもいないと思うのですが……」

無表情のままそんなことをのたまい、小首を傾げるサリーさん。

……胸が、胸が強調されます。嫌がらせでしょうか。

私は自分の胸部を見やり……ささくれ立つ思いを抱きながら、答えます。

「……貴女がか弱いかについては、意見の相違があるようです。ただ、嬉しい、という点については同意します。私は見ての通り移民の出ですし……」

「エマさんの髪と肌、とてもお綺麗ですよ？」

サリーさんが、何をそんな当たり前のことを？　という表情をし、まじまじと見つめてきます。この人、こういう時には嘘を言わないんですよね。

少しだけ照れくさくなりながら、御礼を言います。

「……ありがとうございます。実はアレン様にもこの前、お褒めいただいたんです」

無表情眼鏡メイドさんが、わざとらしく口元を押さえました。

「エマさん、まさか……アレン様に懸想を？　わぉ」

「な・に・が、『わぉ』ですかっ！　せめて、感情を込めてくださいっ！　単にフェリシア御嬢様も大変な方を想われているな、と思っただけです。何しろ、リディヤ御嬢様を筆頭に、ステラ御嬢様や――……どうかしましたか？」

サリーさんが何とも言えない顔になって、北の方へ遠い視線を向けました。

眼鏡を直し、口を開きます。

「……うちの石頭な愚兄、昔からステラ御嬢様にお熱なのですが、専属執事に命じられたらしく。今頃は現実の残酷さに直面しながらも、無駄に頑張ろうとしている予感が……」

「ああ……」

私も何とも言えない表情になっているのが分かります。

ステラ・ハワード公女殿下は、フェリシア御嬢様の御親友にして――恋敵。

リンスター公爵家メイド隊の下馬評では『このままだとリディヤ御嬢様にも対抗出来るのでは!?』と言われる程の御方です。私はサリーさんへ感想を述べます。

「……お兄様は勇士の中の勇士ですね。心から尊敬します。妹として兄上を応援される為、北方へ戻られた方が良いのでは？」

「賭け事不成立の勝負に関わっていられません。また、ステラ御嬢様の恋路を邪魔するなど……。うちの御嬢様方もそれはそれは、愛らしいのですよ？　聖女様と妖精様なのです。私が王都駐在なのはまだ秘密にしているので、お会いする時が楽しみです」

「御二人が可愛らしいことには全面同意します」

ステラ御嬢様と、その妹君であられるティナ御嬢様の顔を私は思い浮かべます。

ティナ御嬢様とリィネ御嬢様がアレン様の授業を受けながら、仲良くじゃれ合い、それをエリー御嬢様が嬉しそうに見ている姿は、大変に和む光景です。

無表情眼鏡メイドさんが胸を張りました。……うちの第三席を思い出します。

「私は御祖母様——メイド長のシェリー・ウォーカーからも内々に言われています。『アレン様の言いつけは私やグラハムの言葉と思いなさい』と。……あの御方は、私達の小さな愛しきティナ御嬢様と、ステラ御嬢様をも救ってくださいました。大恩があるのです」

「そんなの、私だって同じです。メイド長にして、師のアンナから『アレン様の御言葉を守るように！』と厳命を受けています。……アレン様はリディヤ御嬢様をお救いくださいました。その大恩、私達は必ずお返しする所存！　私個人としましても、あの御方には恩義がございます。……私達移民は、あの御方に自らの『夢』を重ねているのです。移民や獣人、姓無しであっても上へ登っていける、という」

サリーさんが真面目な顔になりました。

「なら、単独行動はダメです」

「…………はい。ごめんなさい」

素直に謝ります。するとサリーさんは僅かに表情を崩し——目を細めました。

私も魔力を感知。口にします。

「ああ、どうやら来たようですね」

「ええ。随分と抜けてきましたね」

槍騎士が二十数騎、丘を駆け上って来ました。大分、罠に引っかかり減ったようですが、メイド長直伝の罠群を突破してみせたその手並み、叛徒ながら大したものです。

騎士達は私達を目視。警戒したのでしょう、やや距離を取って攻撃、防御、強化魔法を準備。奥にいる、鎧兜姿で髭面の偉丈夫が叫びます。

「我こそはザド・ベルジック子爵であるっ！　そこの女共、リンスター公爵家の者だな？　抵抗は無駄だ。大人しく投降せよ。寛大な処置を約束するっ!!!」

ベルジック子爵。確か王国東方の貴族の中でも、魔獣討伐でそれなりに名の知られた方と記憶しています。

けれど、子爵ですか……私はサリーさんと顔を見合わせます。

「……当てが外れましたね」

「……最低でも伯爵が良かったのですが」

私達は肩を竦めました。追手がこの程度とは……。フェリシア御嬢様を過小評価するなんて、見る目が無さ過ぎます。

サリーさんと頷き合います。

「まぁ……多少は情報を持っているでしょう」

「物事には我慢が肝要です」

「き、貴様等……聞いているのかっ!!!」

子爵が怒鳴ってきます。私達は冷たい視線を向けます。

「五月蝿いですね」

「出来れば、伯爵以上の方に今すぐ連絡してください」

「………その女共を捕らえよっ!!!」

『はっ!!!』

顔を怒りで真っ赤にした子爵の命を受け、一気に押し寄せて来る騎士達。合計九騎。

「先陣は貰います」「はい」

両手両足に魔力を集束させているサリーさんが告げ疾走。私も答え、構えます。

騎士達の顔には困惑が生じます。

それでも止まらず、先頭の騎士がサリーさんへ容赦なく槍を繰り出しました。見事な一撃。相当な腕前です。

ですが……兜下の顔は驚愕に歪みました。

「!? 馬鹿」「と言う方が馬鹿だというのが、世の定説です」

「っぐっ!!!」

槍の穂先を平然と手で摑み砕いた無表情眼鏡メイドさんは、淡々と否定しながら跳躍し、先頭の騎士の一人の鎧を蹴りで強打。馬上から吹き飛ばし、自分も鞍を蹴り空中で追撃。

「せいっ!!!」

魔力を集束させている小さな拳を騎士へ突き立て、地面へと叩きつけました。

「がはっ……！」

地面に叩きつけられた騎士が呻き、兜が飛び、鎧が砕けます。

その傍に着地したサリーさんは自慢げな顔。うわぁ……。

若干、慄いている私へ、残りの騎士達が襲いかかってきました。両手を軽く振ります。

『！？！！』

騎士達が宙づりになり、落馬。お馬さん達は駆け去っていきました。

首を大袈裟に振ってサリーさんへ指摘します。

「槍を手で受け、胸甲を拳で砕くとか……殿方が怖がるのも無理はないです」

「八騎をいっぺんに謎攻撃で無力化するメイドさんの方が、一般的には怖いと言えると確信します。こ、怖いですぅ。がくがくぶるぶる、ですぅ」

「「……うふふ……」」

私達は笑い合います。お互い、瞳の奥は全く笑っていません。

まったくっ！　失礼な眼鏡メイドさんですね。しかも、後半部分、エリー御嬢様の真似ですか？　無表情なのに、似ているのがイラっとします。

その間に騎士達が失神したので、魔法で不可視にした黒糸の拘束を解き地面へと転がします。『敵全体に負荷をかけることを考えましょう♪』メイド長の教えです。

未だ戦意を喪われていないベルジック子爵が叫びます。

「……貴様等、何者だ！　ただのメイドではないなっ!!」

「ああ、これは私としたことが。失礼いたしました。名乗りもせずに」

「エマさん、うっかりメイドは、私の天使兼従妹の専売特許ですよ？」

私はサリーさんへジト目。あー言えば、こう言う、性格が悪いメイドさんです。

スカートの裾を摘み、会釈します。

「リンスター公爵家メイド隊第四席を務めるエマと申します」

「ハワード公爵家メイド隊第四席、サリー・ウォーカーです」

「！　ウォーカーだとっ⁉」『⁉』

ベルジック子爵と残りの騎士達の顔に恐怖が浮かびます。『深淵』グラハム・ウォーカーの盛名は王国東方にも轟いているようです。

私はサリーさんを見やりニヤニヤ。

すると、眼鏡メイドさんは珍しく渋い表情になりました。

「……私じゃなく、怖かったのは昔の御祖父様なのに……」

ふふふ……やっぱり、サリーさんは殿方に怖がられる星の下に生まれたのですね。それは整った御顔と胸の大きさに左右されないのです！

私は子爵達へにっこり、と微笑みます。

「もうよろしいでしょうか？　では、情報を根こそぎいただくことと致します」

「根こそぎ、だなんて……。エ、エマさん、怖いですぅ。がくがくですぅー」

サリーさんがここぞとばかりに、また、エリー御嬢様の真似で茶化してきます。

私は額を押さえながら両手を構え、周囲一帯に不可視の黒糸を展開させていきます。

眼鏡無表情メイドさんも拳を握りしめ、四肢に強大な魔力を集束。

「はぁ……だから、せめて感情を込めてくださいっ！　――やりますよっ！」

「――はい。手早く終えて、フェリシア御嬢様に、お褒めいただきましょう」

第1章

「えぇいっ！　いったい王都はどうなっているのだ！　陛下は御無事なのかっ!?　よもや、オルグレンがこのような事態を引き起こそうとは……」

「ワルター、泣き言を言っている暇はない。今は現実を直視するべきだ。ステラ嬢もそう思うだろう？」

「はい、教授。ですが……情報が余りにも足りないのも事実です」

私の目の前で苦悶の表情を浮かべながら、薄く蒼みがかった白金髪の男性が呻き、ソファーに足を組み座っている学者風の男性が同意を求めてきたので頷き、足元へ視線を落とす。

此処は北都郊外、ハワード公爵家屋敷の執務室。

そして、今、呻いたのは私の父にして王国四大公爵の一人である、ワルター・ハワードであり、学者風の男性は父の盟友であり、王国屈指の大魔法士である教授だ。

『オルグレン謀反！　王都王宮陥落せり!!　陛下の安否不明!!!』

この簡潔にして、間違いようがない凶報が北都に届いたのは昨晩の話。

王都を辛うじて脱出した、うちの家の者からの魔法通信によるものだった。

叛乱が起きたのは闇曜日。

今日はまだ水曜日で、情報が集まりきっておらず、錯綜気味だ。

ハワード公爵家の最終意思を決定するであろう、父とその後方に控える執事長のグラハム・ウォーカー、教授に挟まれて、当初は入らない筈だった私、ステラ・ハワードが此処にいるのには訳がある。

『ワルター。アレンならば、間違いなくそう進言するだろう』

と、教授に言われ、状況は急転。結果、私は此処にいる。

妹のティナとティナの専属メイドであるエリーは自室。まだ、何も話せてはいない。

この場で『ハワード公爵家がどう動くのか』を決めた後、話さないといけないだろう。

今になって思えば、光曜日の夜、伝説の大魔法『氷鶴』の紋章が、妹の右手の甲に現れたのは、この変事を報せようとしていたのかもしれない。

父が苛立たしそうに声を荒らげる。

『ワルター。ステラ嬢は次期ハワード公爵となる身だ。こういう経験をしておいて損はない。アレンならば、間違いなくそう進言するだろう』

「グラハム。新しい情報はないのか！」

「……残念ながら」

父の問いかけに、グラハムが首を振った。こうして見ると、夏季休暇中、私の専属執事となっているロラン・ウォーカーとよく似ているのが改めて分かる。

ロランはまだグラハム程、余裕がないのだ。叛乱の事を聞いた時は『……あり得ませぬ』と、取り乱していたし。でも……彼のことは、私も言えない。

私は膝上の黒猫――教授の使い魔である、アンコさんを撫でながら昨晩を思い出す。

昨晩遅く、メイド長のシェリーから一報を受けた際、私は激しく動揺してしまった。

オルグレンが叛乱を起こしたということは、王都にいる親友のフェリシア・フォスやハワードの家に仕えてくれている者達、そして、東都にいるもう一人の親友のカレンと、私の家庭教師であり――大事な方でもある、アレン様の身も……。

教授が口を開く。

「一度、情報を整理しよう」

軽く手を振ると、部屋の中央に王国と周辺諸国の地図が投映された。

アレン様も使われていた光魔法の応用！

次いで、王国内に五つの星が浮かび上がる。

ほぼ中央のそれは王都。他、東西南北は各公爵家の都。東都だけが黒く、他は白い。

「王国四大公爵にして、東方を統べるオルグレン公爵家は、ウェインライト王家が進めて来ていた実力主義に反対する貴族守旧派を纏め、『義挙』と称し謀反。王都近辺で演習を行っていた『紫備え』と一軍をもって王都を陥落せしめた。陛下と王族の方々の安否は未だ不明」

王都が黒へと変化していく。

更に鉄道網や空路、主要な家も次々と表示され、勢力図が白と黒で分かれる。

……王国東部から中央の主要部は叛徒の手に落ちた。

「王国の鉄道と、グリフォン、飛竜便等々の空路は王都を起点としていた。結果、王都が陥落した今、各公爵家との連絡は途絶している。……グリフォン便や飛竜便で手紙や荷物が届かなくなっていたのは、既に彼等が動き出していたからだろう。王都で大部分は足止めされてね。グリフォン便を司る『天鷹商会』は時間厳守に拘る。この時点で気づくべきだった」

私達は東都にいるアレン様へ手紙を書いたけれど、返信はなかった。

天候不順、ということだったけれど……私は臍をかむ。もっと、早く気づいていればっ。

「電話も王都までは通じず、魔法通信も大規模阻害が行われており不通」

教授が立ち上がられ、王国東方で白にも黒にも染まっていない、二つの丸を指し示す。

「断片的な情報から推測するに、ガードナー、クロムの両侯爵家は動いた様子がなく、日和見を決め込んでいるようだ。勝ち馬に乗る気なのだろう。救いは王都を落とした後、叛徒共が動いていない点だ。オルグレンは東方防衛に特化していた。おそらく、兵站に不安を抱えている」

「……ゲルハルト・ガードナーはどう動いたと思う？」

父が教授へ問われる。

ゲルハルト・ガードナーは王宮魔法士筆頭。謀反前は貴族守旧派と言われていた。オルグレン側と内応する可能性が高い。

けれど、教授は淡々と回答された。

「陛下を守護しているね」

「……理由は？」

「あの御仁は、あの御仁なりに愛国者だからだ。仮に……仮にだ。ガードナーが叛徒共と呼応し、陛下と王族の方々を弑したとする。すると、どうなる？」

「我等に賊軍を討つ大義名分を与える形となりますな」

グラハムが冷たい口調で口を挟んだ。普段の好好爺然とした雰囲気は微塵もない。

ハワード公爵家諜報担当者として淡々と意見を述べる。

「すると、次期国王陛下は、王国西方におられる王弟殿下かその御子息となられる可能性が高い。しかも、ハワード、リンスター、ルブフェーラの三大公爵殿下の御支持を受けた方となられるでしょう」

「無論、オルグレンも『王』を名乗るか、もしくは誰かしら傀儡として立てるかもしれない。だが、彼等には『賊軍』という悪評が常につき纏う。ガードナーは馬鹿じゃない。少なくとも、今はまだ動くまいよ」

グラハムと教授が事実を積み重ねる。

父は苦悩し瞑目。暫くして、重い口を開いた。

「……本来であれば、即座に王都へ軍を発したい。が、それも出来ぬ」

「北方のユースティン帝国が国境線沿いで大演習なんかするわけだね。——奴等、叛徒共と通じている。グラハム」

「急報後、領内で泳がせておいた帝国の『鼠』は全て駆除致しました。殆ど情報は出てきませんでしたが、一点だけ。総指揮はユースティンの皇太子のようです」

「……何だと？」「へぇ……つまり、帝国は本気か」

グラハムの報告に、父と教授の目が細まった。部屋の空気が恐ろしく重くなる。

ユースティン帝国はここ数週間に亘り、かつて北方戦役でハワードが得たガロア地区との国境線沿いで大演習を行っていた。その指揮を執っている敵将が誰なのかは不明だったのだけれど、まさか、皇太子自らが……。

私は耐えきれなくなり、アンコさんを抱き上げる。

……このままじゃ、このままじゃ……何時まで経っても、東都へ……カレンとアレン様を助けに行けないっ！

教授が嘆息される。

「おそらくは南方で蠢動していた侯国連合の動きも同様だろう。……ワルター、グラハム」

「何だ？」「何でございましょう」

顎に手を置かれ、教授は沈黙。その瞳は――恐ろしく怜悧。

居住まいを正し、告げられる。

「――面倒だ。潰そう」

「！　教授」「それは、つまりどういう意味でございましょうや？」

「どうもこうもないよ。そのままの意味だ」

教授は両手を掲げて大袈裟な仕草をされた。

一見、道化じみているものの……私には分かる。この方は今とても怒っている。

叛徒達に。帝国に。侯国連合に。そして——何より御自身に。

断言される。

「邪魔な帝国は僕等が潰そう。容赦なく、徹底的に。泣き言も言えなくなるまで殴るとしよう。後は——そうだね、お好きな内戦でもさせておけばいい。五十余年前と同様に」

「……教授、無理を言うな」

「無理？　無理だって？　ワルター、本気で言ってるのかい？　そうだとしたら、平和ボケし過ぎだよ——『北狼』殿」

「…………何だと。どういう意味だ！」

父が険しい顔で教授を睨みつける。怒りで魔力が漏れ、氷片が飛び散る。

けれど、教授は怯まず言葉を発せられた。

「『オルグレンに謀反の疑いあり』。君も彼から——アレンから、事前に警告は受けた筈だ。しかも、軍需物資の蓄積状況まで調べさせた上で否定をした。そうだろう？　グラハム」

「…………」「…………間違い、ございませぬ」

「！　アレン様がっ⁉」

私は息を呑み、アンコさんから手を離し、口元を覆ってしまう。

そんな……そんなっ……。

アレン様は事前に気付かれていたのに、活かせなかったなんて……

教授が痛切な表情を浮かべられ、机の上に置かれている長細く黒い匣を指で叩かれた。

「……君やリアムはまだいい。まだマシだ。……が！　僕や御老体――『大魔導』ロッド卿はアレンに東都の駅で直接指摘を受け、そして、否定をした。『僕等を騙せる偽造書を作れる筈がない』と笑ってね。しかも、彼からジェラルドが使っていた炎の短剣まで預かってしまった。せめて、彼の手元にこれが……古の大魔法士が使っただろうこの短剣があればっ！　『四大公爵家がそんな馬鹿なことをする筈がない』。何処かで、皆そう思って、彼の懸念をまともに取り合おうとしていなかったんだっ！　……僕等は満天下に恥を晒したよ。無論、僕は名声なんぞに興味はないし、汚泥に塗れても構いやしない。それにしたって、だ」

氷片の悉くが闇によって消失。教授が強く悔恨される。

「そんな愚劣極まる僕等がなにもせず、無為に時を費やすなんて許されない。即断すべきだ。まして……ましてだ。僕には分かっている。アレンは東都で無茶をした。間違いなく無茶をした。自分の目の前で弱者が虐げられ、傷つけられるのを黙って見ているような子

じゃない。弱者を守る為ならば平然と命を投げ出す。いいかい？　ワルター、グラハム。『剣姫の頭脳』殿はだね、そういう十七歳の……本来であれば、僕等が守るべき子供なんだよ」

「「…………」」

父とグラハムは沈黙。私は、教授の言葉の意味を考える。

『無茶をする』

そうだ。確かにそうだ。アレン様は、私の『魔法使い』様はそういう方だ。

どんなに強くても、無事かは分からない…………。

視界が涙で滲んできた。考えないようにしていたことが、急速に現実として突き付けられ、心が掻き乱される。

──突然、アンコさんに手を舐められた。慰めてくれているらしい。

教授が深く溜め息を吐かれる。

「……第一、だ。ワルター、思い出せ。リディヤ嬢とアレンがしてきたことを。黒竜撃退に四翼の悪魔、吸血鬼の真祖討伐。それ以外にも、王国は彼等に借りを作り過ぎている。ここら辺で返しておかないと、金利も返せなくなってしまう。何より……『忌み子』の件もある。リンスターもハワードも、彼には大恩があるだろう？」

「…………そうだったな。ああ、そうだった。グラハム！」

「はっ！」

『忌み子』とは、魔法が使えない子への蔑称だ。

ティナもつい数ヶ月前までは、そう陰口を叩かれていた。

そして、リディヤ嬢とは、リディヤ・リンスター公女。『剣姫』の異名を持つ、王国屈指の剣士にして魔法士であり――アレン様の隣にいるとても綺麗な方。

リディヤさんとティナはアレン様と出会ったおかげで、魔法が使えるようになり、『忌み子』と呼ばれることもなくなった。

……けれど、違和感。確かに恩だけど、公爵家の決定に影響を与える程だろうか？

父がグラハムへ命じる。

「今、この瞬間より、王国北方地域に戦時態勢を布告する！　北方各家当主を参集させよ！　遅れた場合は敵と見なす!!」

「畏まりました。旦那様、お願いがございます」

「何だ？」

グラハムが冷たく微笑む。

「兵站は家内に。私は外にて遊ぶことをお許しください」

「許可する。好きにせよ。徹底的にな」

兵站……？　シェリーが？

私の疑問を他所に教授は面白そうな顔になられる。

「ほぉ……王国最高の兵站官『統制』シェリー・ウォーカーと、王国最恐の諜報官『深淵』グラハム・ウォーカーが揃い踏みとは。楽しくなってきた。ああ、そうだ、ワルター」

「今度は何だ」

「ティナ嬢をシェリーの下につける人事を具申する」

「……何だと？」「えっ？」

父と私は驚き、教授を見た。大魔法士様が泰然と説明してくる。

「いいかい？　ワルター。そして、ステラ嬢も。ティナ嬢はだね、あのアレンが『天才』と評した、リディヤ嬢と並ぶ才媛なんだよ？」

ほんの少しだけ胸が痛む。

でも――妹が高い評価をされているのは嬉しい。教授が続けられる。

「この四年間で彼とリディヤ嬢は、数多の勇士、魔法士と遭遇した。僕の研究室にも才長けた子は多い。けれど――アレンは彼、彼女等を一度だって『天才』と評してはいない。いいかい？　ティナ嬢とはそれ程の存在なんだ。その才は活かすべきだろう」

父は口を閉じ、腕組み。やがて、答えを出された。

「……ティナ次第だろう。戦場に出すつもりはないぞっ！」

教授は大きく頷かれつつ、手帳を取り出し一枚を破り捨てた。

「当然だ。あくまでも後方でその才を活かすべき、という意見さ。教育だよ、ワルター。全ては子等の為、というやつさ。僕もアレンの悪い癖が移ったみたいだ。──アンコには西都へ跳んでもらう。この子の闇魔法による移動術ならば、到着まで一日もかからない。目的は陛下達の安否確認だ。その後は南都へ。リンスターと意思疎通を図ろう」

父とグラハムが目を見開いた。……え？　跳ぶ？？

驚く私を後目に、アンコさんは地面へ降り立ち、教授が畳んだ紙を咥えられ周囲を見渡し一鳴き。姿は闇に消えた。もう跳ばれたっ⁉

教授が淡々と考えを述べられる。

「有事の際の取り決め通り、陛下と王族の方々は西都に脱出されただろう。近衛騎士団は東都で半壊状態だったとはいえ王族護衛隊もいたし、謀反を起こしていないのなら王宮魔法士達もいる。何より……王都には近衛騎士団団長オーウェン・オルブライトがいた。『不死身』の異名は伊達じゃない。近接戦ならリディヤ嬢とやり合う御仁なんだからね。ああ、シェリル王女殿下もだ。あの御方、アレンとリディヤ嬢の同期生なんだよ？」

芝居がかった言われように、父とグラハムは肩を竦め、私もくすり、と笑う。

——その時、気付いた。

私ですらこんなに不安を感じているのだ。急報を聞いたあの方は……。

「教授、リディヤさんは大丈夫なんでしょうか……？」

私の問いかけに大魔法士様は、大きく頭を振られた。

「駄目だね」

「そ、そんな簡単に……」

「リディヤ嬢は、アレンがいないとまるで駄目になる。実家にいるのは不幸中の幸いだった。リサ達がいれば暴走はしないだろう。いきなり、東都へ行こうとはしない筈だ」

「………………」

私は釈然としないものを感じつつ、引き下がる。

……あの方のアレン様に対する想いはとてもとても深い。本当に、大丈夫なんだろうか？

父が言い辛そうに口を開く。

「……彼の件を、ティナとエリーに伝える役は」

「御父様、私が」

「……ステラ、頼む」

「はい」

言葉少なに、受け答え。教授が手を叩かれた。

「では――各自、動くとしよう。そろそろ、帝国大使が面会の日時を伝えてくる頃合いだ」

＊

執務室を出た私は屋敷の離れにある温室へ向かった。

ティナとエリーはこの中にある部屋にいる筈だ。

途中、植物の世話をしているメイド達や使用人達と会話をしながら奥へ進む。

皆が口々にティナを褒めてくれて心が暖かくなる。

あの子を皆、愛してくれている……勿論、私のことも。

『ステラ御嬢様……本当に奥様によく似ておられて……』『生き写しでございます』

そうなのだろうか？　そうだと嬉しい。

――部屋が見えてきた。

勿論、ティナは屋敷の本邸にも部屋を持っているのだけれど、数年前に植物や作物研究に手を出して以来、離れで過ごす時間が多くなったように思う。

扉を開け、中へ。

「ティナ、エリー、入るわ――えっ？」

室内に入った途端、感じたのは強い魔力と飛び交う氷華だった。

部屋全体を覆っているこれは――軍用耐氷結界⁉

奥に目をやると、テーブルの上には八本の蠟燭が置いてあり、そこからそれぞれに氷の花が咲き、更に大きくなっていく。

その前には二人の少女がいた。

一人は薄く蒼みがかった白金髪に髪飾りと純白なリボンを着け、白の半袖にスカートをはいた少女――私の妹であるティナ・ハワード。御母様の長杖を握りしめ魔法を制御しようとしている。

もう一人はブロンド髪でメイド服。ティナよりも背が高く発育の良い少女――ティナの専属メイドで、私にとってはもう一人の妹とも言える、エリー・ウォーカー。執事長のグラハム、メイド長のシェリーの孫娘だ。

ティナが呻く。

「むむむっ！　お、おかしいです……こ、こんな筈じゃ……」

「あぅあぅ。テ、ティナ御嬢様、ま、魔力を抑えてください！　じ、じゃないと、天井に穴が開いちゃいますっ！」

「わ、分かってるわよっ！　エリー!!」

魔法の制御訓練中のようだ。

けれど、このままでは……私は愛剣と短杖を引き抜く。

氷の花が更に成長していく。軍用結界の一部が軋み、悲鳴を上げる。

「テ、ティナ御嬢様！　も、もっと、丁寧に、魔法を制御してくださいっ!!　こ、これ以上は、ほ、ほんとに、ほんとに、ま、まずいですぅ！」

「や、やってるもんっ！　だ、だけど、難し……あ」

魔法式の制御が緩んだ。吹雪が巻き起こり室内を凍結させ、氷の花が急成長。

私は愛剣を振り、氷属性上級魔法『氷帝雪刃』を発動。剣撃を飛ばし氷の花を根本から断ち切る。次いで、短杖から試製三属性上級魔法『光風氷壁』で二人を囲う。

部屋の中を雪風が吹き荒れるも、少しずつ収束し——やがて収まった。

短杖を振り、残った氷片も片付ける。上手くいった。

私は息を吐き、愛剣と短杖を鞘へと仕舞い、ぽかん、としている二人へ近づいて両腰に手を置きながら、お説教をする。

「こらっ！　危ないでしょう？　ティナ！　エリーも止めなきゃダメじゃない」

「ひぅ！　お、御姉様、あのその……」「あぅ！　ス、ステラ御嬢様、あのその……」

「言い訳はしないの。悪いことをしたら？」

「「……ごめんなさい」」

「よろしい！　――魔法の練習をしていたの？」

反省した様子の妹達へ微笑む。確かこれって。

ティナの前髪がぴんっ！　と立った。

「はいっ！　先生が私とエリーに教えてくれた練習方法なんです!!」

「い、今の私達で、どれくらい出来るのかなぁ、って、思ったんですけど……。ティナ御嬢様が一本じゃつまらないって……。耐氷結界を用意しておいて、せ、正解でした！」

ティナがエリーを睨む。

「……エリー。それ、どーいう意味ぃ？」

「も、もう少しで屋根に穴が開いちゃうところでしたっ！　アレン先生に叱られちゃいますっ！」

「うっ……そ、それはぁ……」

妹達が仲良くじゃれ合う。ささくれ立っていた心が落ち着く。

私は空いていた椅子へ着席する。ティナとエリーが動きを止め、頬を膨らました。

「む！　御姉様、そこは先生が座られていた席ですっ！　どうして、何時も、そこに座られるんですかっ！」

「ス、ステラ御嬢様、そこはダメでしゅ。あぅ……」

「……偶々よ」

「嘘ですっ！　しかも、今の言い方、ちょっとリディヤさんに似てましたっ!!　や・め・て、ください!!!　あ、あんな、先生独占教の狂信者な『剣姫』様に御姉様が近づいていくなんて、あ、悪夢です。妹の私は、ど、どうすれば！」

「でも、アレン様はこういう女の子が好きかもしれないわよ？」

「……御姉様の意地悪っ！　ふんだっ！」

ティナが椅子に座り腕組みをし、顔を横に向けた。前髪は『私は怒ってます！』と表明。

私の前髪も、アレン様の前ではこうなっているんだろうか？

その間にエリーは先程切断した蠟燭を片付け、新しい物を八本並べた。

小さな両手を握りしめ、やる気十分だ。

「つ、次は、私がやってみますっ！　が、頑張りますっ!!　――いきますっ!!!」

エリーが両手を蠟燭へ掲げた。

赤・青・茶・翠・蒼・黒……そして、白の花が生まれる。旧八属性中、七属性⁉

私は素直に感嘆する。

「凄いわ、エリー。光属性も使えるようになったのね？」

「は、はひっ！　アレン先生に褒めてもらいたくて、が、頑張って、練習しましたっ！」

満開の花のような笑顔を浮かべる。この子もあの方を慕っているのだ。

妹がちらちら、と花を見る。気になって仕方ないみたいだ。私はくすり、と笑う。

「ティナはもう少し頑張らないと。ね？」

「が、頑張ってます。……さっきのでも、冬にここで先生と練習していた時よりは上手になったんですっ！　しかも、八本同時にですっ‼」

「ん～一本からにした方が良いんじゃないかしら？」

「も、もうっ！　御姉様までぇ！　ふんだっ！　いいですよーだっ！　魔法制御が上手に出来なくても、先生に教えてもらいますからっ！」

ティナは前髪を左右に揺らしながら、唇を尖らす。私とエリーはくすくす。

――話が落ち着き、少しだけ部屋の中が静かになった。

私は背筋を伸ばし、二人の名前を改めて呼ぶ。

「ティナ、エリー。――大事な話があるの」

「？　御姉様？？」「？　ステラ御嬢様？？」

妹達がきょとん、とした表情になる。私は意を決して話し始めた。

「驚かないで聞いて。あのね――」

話を聞き終えたティナとエリーの様子は意外にも落ち着いていた。

勿論心配そうではあるけれど、取り乱す様子はない。

「先生……」「アレン先生……」

「詳しいことはまだ何も分からないの。今、グラハムが調べてくれているわ。でも――大丈夫！　御父様も教授も、アレン様を決して見捨てたりなさらないわ」

「はい！」「はひっ！」

素直に納得してくれる。私は思わず尋ねてしまう。

「……二人共、不安、ではないの？」

「不安？」「ですか？」

ティナもエリーも分からないようだ。自分の想いを言葉にする。

「ええ……。もし、もしもよ？　アレン様がこの件に関わられていたとしたら……敵は正規の軍隊になる。幾らあの方が凄くて、カレンがいても……」

「大丈夫です！　御姉様!!」「アレン先生もカレン先生も、とってもお強いんです!!」

妹達は私を真っすぐ見つめ、言い切る。

――ああ、そうか。

この子達は、純粋にアレン様を信じているのだ。信じ切っている、と言ってもいい。

勿論、私だってそうだ。あの方を心から信じている。

私の親友で、アレン様の義妹のカレンだって、私よりもずっと、ずっと強い。

……でも、心の中の漠然とした不安は消えてくれない。

王都にいて、最も危険に曝されたであろうフェリシアは大丈夫だ、と確信出来るのに。

けど、今はこの子達に私の不安を伝播させるわけには。

「御姉様？」「ステラ御嬢様？」

妹達が私の顔を覗きこんで来る。

いけない。この子達に心配をかけてしまう。心を落ち着かせ微笑み、頷く。

「そうね。そうよね。アレン様も、カレンも強いものね。良し！　それじゃ、頑張りましょうっ!!　ティナとエリーはシェリーからも色々と勉強出来ると思うわ」

「はいっ！　頑張って、先生に褒めてもらいますっ!!　みんなに美味しい物を食べさせますっ!!!」

「わ、私も！　ティナ御嬢様と頑張ります‼」

妹達は元気いっぱいだ。姉の私がこんなじゃいけない。

「それじゃ――私も『花』を咲かせてみようかしら？　二人には負けないわよ？」


その日の晩。

私は自室でどうしても、どうしても眠れないでいた。

ベッドでは、ティナとエリーが手を繋ぎすやすやと寝ている。

『今晩は一緒に寝たいですっ！』と言って聞かなかったのだ。私達は本物の戦争なんて経験したことがないし、漠然とした恐怖があるのだろう。

外は雲が出ていてとても暗く、月も星も見えない。

窓際の椅子に座り、小さな灯りの下、アレン様が送ってくださった二冊目の課題ノートを読む。

つい数日前ならばそれだけで心は躍り、文字に触れるだけで喜びを感じられた。

……けど、今は。

ぽつり、と涙が落ち、ノートに幾つも染みを作る。いけない。

私は涙を拭う。さっきからこの繰り返しだ。全然、先に進んでいかない。

ノートに書かれているのは新しい魔法である『白蒼雪華』『八爪氷柱』。

アレン様が私に与えてくださった新秘伝『蒼剣』『蒼楯』の新しい活用法。

そして——あの方が私の為に創ってくれた新極致魔法『氷光鷹』の改良魔法式。

優しい字で『残念ながら、翼を生やすのは難しいんですよ。リディヤが出来てるのは謎です。けど、ティナもこの前、生やしてましたし、ステラがそうなる姿を是非見たいので、頑張って解明しておきますね』。

……アレン様！　……アレン様!!　………アレン様!!!

私は両手を握りしめ、前屈みになり、必死に嗚咽を堪える。

——ティナ達は心配しながらも、あの方ならば大丈夫だ、と信じている。

ある種、盲目的に。アレン様を御伽噺の英雄かのように思って。

英雄は必ず勝つ。悪には負けない。

私だってそう思っていないわけじゃない。アレン様は本当に凄い方だ。それを疑ったことなんてない。

でも……私はアレン様と二人、王都の大聖堂上から見た夜景と、あの時、少しだけ漏らされた言葉を思い出す。

『僕は『剣姫の頭脳』だなんて、大層な異名をつけられていますが。実際は大した人間じゃありません。帝国の『勇者』や『剣姫』——リディヤのような、幼い頃になりたかった物語に出てくる英雄にはなれないでしょう』

……アレン様。どうか、どうか、どうか御無事で！

御母様、私の大切な人をどうか守ってください！

私は、アレン様から贈られた蒼翠グリフォンの羽と、母の形見である空色のリボンを握り、胸に押し付け、強く強く、強く、静かに祈る。

『眠れない夜は、お月様とお星様を眺めて静かにしていなさい。そうしたら——精霊が貴女を導いてくれる。心配しなくても大丈夫』

大聖堂の上で、アレン様が思い出させてくれた、母のおまじないを思い出しながら。

——私はそうして何時までも、何時までも祈り続けた。

月と星は、どうしても見えなかった。

*

北の夏はとかく短い。足早に去って行く。

それは、大陸西方三列強の一角であるユースティン帝国、その皇都であっても同様。

故に——その短き夏を、皇宮最奥の内庭で過ごすことは理に適う。

また老いぼれ、生きているだけしか価値のない皇帝たる余の最も重要な仕事でもある。

石造りの屋根の下、持ち込んだベッドに横たわり、余はそんな戯言を思う。後半部分は当たってもいよう。こうして、午睡を楽しむは老人の楽しみであるからして——

「陛下！　ユーリー・ユースティン陛下は何処におられるかっ！」

耳をつんざくような大声で、うつらうつら、としていた余の意識は叩き起こされた。

あ奴め……もう聞きつけおったのか。不機嫌になりながら、断ずる。

「………モス、騒々しいぞ。余は午睡中だ」

「陛下っ！　それどころではありませぬっ!!!」

ドカドカ、と内庭へやって来た粗忽者——帝国軍の頂点、老大元帥モス・サックスは帝国皇帝たる余を怒鳴りつけてくる。

相変わらず、余と違って見事な体軀よ。軍服も見事に着こなしおる。腰に下げておる魔剣『陥城』は今日も禍々しく美しい。

こ奴、昔からこうよの。髪が白くなり皺が増えた以外、まるで変わっておらぬ。

気怠く答える。

「……帝国大元帥ともあろう者が、そのように慌てるでない。北東国境はどうしたのだ？」

余の帝国は三方に敵を抱えておる。

北は蛮族の群れである、北方諸氏族。

北東部には、今より約百年前、帝国より離脱せし叛徒共――ララノア共和国。

そして、南方には厄介極まりないウェインライト王国のハワード公爵家。

中でもララノアは、その成立過程からして不倶戴天の相手。昨今では、魔道具開発に力を注ぎ、その力は侮り難いものとなっておる。

故に、帝国軍主力は大元帥自らが率い北東部に張り付き……動かせぬ。大規模衝突こそ、この数十年起きてはいないものの、小競り合いの数はもう覚えてもおらぬ。

西方の北帝海を挟み対峙する魔族の連中も大脅威であり、海軍主力も同様に動かせぬのだが、少なくともあ奴等は戦を望まぬ。人族よりも余程、話が通じるのだ。

モスが既知の情報を告げてきおる。

「ララノアの賊徒共は内輪で揉めております。此度は随分と激しいようで……。此方にちょっかいを出す余裕はありませぬ。それよりも」

「――ウェインライトの件であろうが？」

機先を制する。モスは余に近づき、注進してきた。

「陛下、彼奴等のごたごたに関わってはなりませぬ。南方方面軍を動かすのは直ちにお止めくださいっ！」

予想と一語たりとも変わらぬ。全身、これ忠誠心の塊。……口は悪いし、容赦もないが。

余は問う。

「……モス、そなた、幾つになった？」

「……はっ？」

「歳だ、歳。幾つになった？」

「七十二でございますが」

「若いの。余はもう七十三だ。帝国を亡き兄より継いで、早五十余年。もう、棺桶に片足を突っ込んでおる。陰で『老豚』と呼ぶ者達も多い。来年の春は迎えられぬであろう……」

老元帥が胡乱気な視線を向けてきた。次いで恐ろしく冷たき指摘をしてきおる。

「……陛下、その御言葉、五十余年前より聞いております。当時は『白金豚』でしたが」

「ええい、少しは付き合ってくれても良いではないかっ！　これだから、長生きし過ぎた老人はっ！」

憤慨しながら、手を伸ばし冷えた水を飲む。

所詮、余は太っている上に短軀よ。馬に乗るのも好まぬ。かつて美しかった白金髪もすっかり薄くなってしまった。『老豚』とはよく言うたものよ。

目配せし、モスにも『水を飲め』と伝達する。

老元帥はグラスに水を注ぎ遠慮なく飲む。名前を呼ぶ。

「モスよ」

「はっ」

「余はいい加減、引退して、余命は午睡を楽しみたいのだ。南方方面軍を動かす件、我が愚息が無い知恵を絞り、考え、どこぞの阿呆から入れ知恵を受けてまで、上奏してきたもの。頭ごなしに潰すには……不憫だ。たとえ、馬鹿者であってもあ奴は唯一の息子故な」

余は長らく子を得られなかった。初めての実子が生まれた時には五十過ぎ。しかも、その愚息――皇太子であるユージンはどうにも不出来。

建国以来の伝統により、戦において全軍の先頭を駆けねばならぬ帝国皇帝としては、剣も弓も魔法も凡庸で、かつての余のよう。

学問の理解も足りず、それでいて権勢欲だけはある。

――五百余年前の大陸騒乱を鎮めし英雄が一角『射手』の血をひいているとは思えぬ。

所詮は余の血なのだ。俊英であった兄上とは比べものにならぬわな。

しかし、他の分家筋の者達は皆、それなりときておる。

余がこの瞬間、死ねば……帝国はあっさりと割れるであろう。

そして――国土はハワード、ララノアの切り取り場となる。

モスが沈痛な表情を浮かべた。

「……陛下。御気持ちは。然して、相手が悪過ぎます。ハワードに喧嘩を売るなぞ、埒外です。本気で噛みつかれますぞ？」

「極致魔法と秘伝の確実な使い手は『北狼』しかいない、と聞いておる。常備の兵数も少ない。南方方面軍二十万に対して、精々彼奴等は二万程度だ」

「誰なのです、そのような戯言を吐いたのは……関係ありませぬ。魔法技術が衰退しようとも、ハワードを侮るなぞとても……。彼奴等、尋常ではありませぬ。参謀本部の若い連中に研究させたところ、厳冬期の戦すら平然と行い得る連中なのですぞ？」

老元帥が過酷な現実を突き付けてきおる。

厳冬期、雪の中での戦争にすら耐え得る軍。それ即ち、兵站組織の圧倒的な充実を物語っておる。モスの直轄軍を除けば、練度の面でも懸絶の差があろう。

が……余は深々と首肯する。

「で、あろうな。おそらく……愚息は勝てまい。史上に残る大敗を喫するやもしれぬ」

「ならば！」

何故、と老僕が問う前に目線を向ける。

すると、誰よりも長い付き合いである老元帥は眉を動かした。

「……よもや、陛下」

視線を庭内へと向ける。

北の夏は短いが、植物達はその短い夏を謳歌しておる。余の夏は何時だったのだろうか。

モスへ淡々と勧告する。

「余の予想が外れ——ハワードが想定よりも弱体化していて、愚息が勝てば良し。王国内のごたごたに乗じ、寸土でも得られれば十分。何しろ、不敗の家に勝つのだからな。愚息には箔となろう。第一、王国は魔族共への壁でもある。弱らせ過ぎるのもまずかろう。が……弱体化してもなお、彼の家が『軍神』のままであったのなら、仕方あるまいよ。衰えておらぬハワードとラランノアの賊徒共が相手とならば、皇帝の座、馬鹿では到底務まらぬ。——南方方面軍本営に我が末の孫とぬしの孫を加えさせた。直に『北狼』とハワードの戦を見、感じれば、多少は成長しよう」

「ヤナ様とフスをですか⁉　………陛下。サックス家は如何なることがあろうとも、ユーリー・ユースティン陛下をお守りする所存」

モスが重々しく宣言しておる。昔と何ら変わらぬわ。

あの時——兄上へ叛乱を起こした余の味方となったのは、こ奴だけであった。

わざとらしく告げてやる。

「下手すれば、血塗れぞ。五十余年前と同じく。何しろ……兄殺しの次は子殺し、親族殺しをせねばならぬかもしれぬ。多くの将兵も道連れにして。そして、最後には義理の妹の孫を女帝とするのだ。余は間違いなく、碌でもない死に方をするであろうな」

モスは破顔し胸を叩く。

「今更でございますな。ヤナ殿下は御聡明であられます。後の事は心配いらぬでしょう。出来れば、ハワードの当代、そして『深淵』ウォーカーとはやり合いたくありませぬが」

「化け物ばかりで困ったものだ。余のような凡人には、この世は生き難いことこの上ない。今頃は、王国北都で『北狼』と使者が会談しておろう。ああ、もう一つ忘れておった」

先日、突如訪ねてきた化け物の筆頭たる御仁を思い出す。

当然だが、皇都皇宮の最奥ともなれば常人が忍び込める筈もない。

あの者には全て無意味だが。

「――『勇者』殿も、北都へ出向かれた」

今まで泰然としていた老元帥が驚愕する。

「!? ……あの御方が動かれた、と？　それ程の事態が起こっているのですか？」

「さてな。持っている未確認情報は渡したが……。所詮人の身で、今世に生き続ける本物の英雄殿の考えなぞ計り知れぬわ。話は終わりだ。余は寝るとする」

手を大きく振り、老元帥に出ていくよう促す。モスは見事な敬礼をし、去って行った。

……あ奴の敬礼、幼い頃より変わらぬな。幽閉されし余とこの内庭で遊んでいた時と。

周囲を見渡す。古びた大きな柱が八本。余は嘯く。

「最早、『八大精霊』と『八異端』の秘密を知る者も少なくなってきた。『英雄』を標榜せし余等の勝ちか？　それとも……」

一陣の風が吹く。方向は帝都よりも南方。

夏だというのに、風は老体の身に堪える程の冷たさを有していた。

＊

ティナとエリーに、アレン様の情報を話した翌朝。

朝食を食べ終えた私は自室で着替え中。今日は、父と共に帝国大使と会うのだ。

姿見に映る自分を確認する。着ている物は——王立学校の制服だ。

私用の軍服もある、とシェリーは言っていた。でも、相手を威圧する可能性もある。

あくまでも、父が主なのだ。私が目立つ必要はない。

制帽についている、王立学校生徒会長を示す『双翼と剣』の銀飾りの位置を直し、被る。

……東都にいたカレン、王都にいたフェリシアの安否は未だ分かっていない。

グリフォン便も飛竜便も、通信、電話も各主要都市と未だ完全に途絶。

王都を脱出してきた人々を北都で収容、救護しながら、情報を集めているものの詳細は分からない。

アンコさんからの連絡はないものの、教授の予想通りなら、陛下や王族の方々の安否は、今日中に判明するかもしれない。

私は、近くの小机に置かれている箱を開く。

そこに入っているのは——私の宝物。アレン様から贈られた蒼翠グリフォンの羽。

手に取り、胸に押し当て——祈る。

急報を受けて以来、不安はずっと続いている。

あの方が、アレン様が、もし、もしも傷ついたりしていたら……どうしよう。

想像しただけで泣きそうになってしまう。不安で不安でたまらない。

私はあの優しい魔法使いさんに出会って、凄く強くなり——そして、とても弱くなってしまった。

今は南都にいるだろうリディヤさんもこうなのかもしれない。

いや、きっと私以上に……いけない。この思考に嵌ると大変だ。

羽を胸ポケットにしまい、両頰をほんの軽く叩き、独白する。

「……駄目よ、ステラ。うじうじ泣くのは、もう止めたんでしょう？　こういう時だからこそ、しっかりしないと！」

自分に言い聞かせ、少しだけ瞑目。……アレン様、御無事でいてください。

ノックの音がした。

「ス、ステラ御嬢様、いらっしゃいますか？」

「？　エリー？　どうかしたの？」

「し、失礼します」

扉が開き、室内に入って来たのはメイドのエリーだった。妹のティナの姿はない。『今日は大使が来るから、終わるまでは念の為、部屋で待機』と、昨日伝えておいたのだけれど……どうかしたんだろうか？

エリーは室内を見渡し、困惑している。

「あぅあぅ……こ、此処にもいらっしゃいません……」

「ティナ？」

「はい……先程、御部屋からお出かけになって、まだお戻りになられなくて……」

「魔法の探知は？」

「……何回やっても引っかからないんです」

エリーは俯く。魔法の探知を遮断している？

私は制帽の位置を調整し、愛剣と短杖を腰に下げる。

「分かったわ。一緒に捜しましょう。皆、忙しいだろうし」

「でもでも、ステラ御嬢様は、これから大事な……」

「妹よりも大事なものなんて、世の中にはないわ。まして」

エリーの額を人差し指でほんの少し押す。アレン様が時折しているみたいに。

「もう一人の妹が困っているなら、な・お・さ・ら」

「あぅ……ステラお姉ちゃん、アレン先生みたいでしゅ……」

「そう？　少しずつ似てきているのかもしれないわね。さ、行きましょう」

恥ずかしがるエリーを引き連れ、部屋の外へ。

すぐさま廊下で控えていた、片眼鏡をかけた真面目そうな青年が私を呼び留めた。

「ステラ御嬢様。御時間がありません。会議室へ——」

「ロラン、ティナがいなくなったみたいなの。エリーと捜してくるわ」

夏季休暇限定の私専属執事は表情に疑問を浮かべながら、眼鏡を直した。

「ティナ御嬢様が……？　ならば、私も御一緒に——」

「じゃあ、ロランは屋敷内を捜してみてくれる？　私とエリーは温室へ行ってみるわ」

「は、はひっ！」

言葉を遮り、廊下を歩きだす。

ロランは真面目な人だ。屋敷内を隅々まで捜してくれるだろう。

「あのあの……ロ、ロラン兄様、元気を出してくださいっ！」

「…………エリー御嬢様。情けは時に、人を傷つけるものなのです」

「あうあう」

ウォーカーの跡取り孫娘と従兄が話をしている。あれで二人は仲が良いのだ。

私は振り返り、呼びかける。

「エリー、行くわよ」

「は、はひっ！」「……発見しましたら、ご連絡いたします」

エリーが私に駆け寄り、ロランもまた動き出した。


私達は連絡路を通り抜け、温室へ。

最初、父からここの建設の話を聞いた時は、まさかここまでの規模の物になるとは思わなかった。私が王立学校へ行った時よりも、随分と植物の種類が増えたように見える。私の妹は本当に凄い子だ。

普段は植物の世話をしている者が誰かしらいるのだけれど、今日は人影なし。

帝国大使が来る関係で、屋敷内は厳戒態勢にある。

通路を進みつつ、エリーと周囲を見渡す。

「温室は広いし……まずはティナの部屋かしら？　行ってみましょう」

「は、はひっ！」

そのまま歩いていくと、話し声が微かに聞こえてきた。

エリーと顔を見合わせ、唇に指を置き『静かに』と合図。近くにあった西方産の樹木の陰から、そっと、覗き込む。

私達の視線の先には、大き目な木製ベンチ。

――いた。

妹のティナは木製ベンチに座り、隣に置かれている籠の中から小瓶を取り出しては、隣の見知らぬ女の子に何事かを力説している。

周囲にはきらきらと光が輝き、まるで二人を守っているかのようだ。

見知らぬ女の子は、長い白金髪に金リボンを着け、人形の如き美貌。折れそうな程に華奢でティナとほぼ同じ背丈。白を基調とした服装で、腰には漆黒の鞘に納められた古い剣を下げている。

髪色からして――帝国人。

そんな謎の美少女とティナは楽しそうにお喋りしているも、流石にここからじゃ……エリーが盗聴魔法を静謐発動させると、声が聴こえてきた。

「――それで、これがガロア地方で採れた蜂蜜です！　色々な花から採ってもらって、毎年試しているんですっ！」

「ん。帝国のとは色が違う」

「ふっふっふ～♪　そうなんです！」

ティナが小瓶を美少女へ嬉しそうに見せている。籠の中に入っているのは領内各所で採れた蜂蜜のようだ。

「採る場所によって、ここまで色も味も変わるんです。まだ、ガロアではそこまで量が採れないんですけど、将来的にはもっともっと増やして、名産に出来ればいいなぁ、って思ってるんです」

――帰郷して以来、領内の者達からティナが研究し、育ててきた作物や植物の話をたくさん聞いた。『この野菜や果物はティナ御嬢様が教えてくださったんです』『薬の材料になる、花や草もそうです』『大規模に養蜂も始めました』

皆、まるで自分の子供、孫かのようにあの子のことを口々に褒めるのだ。とても愛おしそうに。……そして、同時に心配も。

『ティナ御嬢様は王都で虐められたりしていませんか？』『ステラ御嬢様、どうかティナ御嬢様をよろしくお願い致します』『家庭教師の先生もお元気でしょうか』

アレン様のことまで聞かれたのは少しびっくりした。

妹が前髪を揺らしながら、足をぶらぶら。未来を語る。

「公爵領だけだと販路は限られちゃいますし、出来れば王都まで持ち込んで販売――あ

～！　勝手に食べないでくださいっ!!」

「ん。美味しい。これはさっき、いきなり氷魔法を撃ちこんできた分」

「うっ！　そ、それは、貴女がうろちょろしてたせいで……あーあーあー！　そんなに、いっぺんにっ!!」

美少女はティナを無視し、小瓶を開け蜂蜜を舐めている。

そして、その視線は妹の胸へ。大きく頷く。

「やはり、ちびっ子狼は同志。つまり、同志の物は私の物。私の物は私の物」

「い、一見、良いことを言ってる風なのに、貴女の物は私の物じゃないっ!?」

「当然。世の中は厳しい」

美少女が無い胸を張る。子供みたい。

「う～！　何なんですかっ、もうっ！」

ティナは美少女から小瓶を奪い取り、自分も舐める。

「あ、美味しい」

「ん。だから、そう言った」

「……先生にも食べてもらいたいなぁ」

美少女が小動物のように小首を傾げた。

「先生？」

「はい。さっき少し話した私の家庭教師さんです。とっ～ても優しくて、とっ～てもカッコよくて、だけど、ちょっとだけ意地悪で……でも」

美少女が短く聞く。

「好き？」

「はい！　世界で一番大好き――……ふぇ」

ティナの顔が見る見る内に赤くなっていく。

前髪は、ぴんっ！　と立ち、次いでふにゃふにゃに。両頬を押さえ、身体を揺らし恥ずかしがる。

あの子は心からアレン様を慕っているのね。

そして……私は隣で対抗心を表情に浮かべている、もう一人の妹を見て、くすりと笑う。

「(エリー、そんな顔しないの。貴女もアレン様が大好きだものね？)」

「(！　あうぅ……ス、ステラお姉ちゃんも、ですよね？)」

「(ふふ……そうね)」

顔を見合わせ、こっそりと笑い合う。

何気ないやり取りで穏やかな気持ちになる。

美少女はティナを優しく見つめた後、ベンチから降りた。

「ん。面白かった。ここの植物達に呼ばれて来た価値があった。ちびっ子狼は賢いし、楽しい。懐かしい魔法式も見れた。でも、ちょっとお喋り。だけど同志！　なので、一つだけ忠告する」

「何ですか？　あと、私には将来性がありますっ！　未来の大勝利は私のものですっ！」

美少女が小さな頭を振る。これ見よがしに溜め息をつく。

「ふ～……ちびっ子狼の背と胸はもう成長しない。私はする。勝ち。むふん」

「なぁっ⁉　どうして、そんなことが分かるんですかっ‼　あと、ちびっ子、ちびっ子って、貴女だって十分、ちびっ子で」

「ちびっ子狼」

突然、美少女が口調を変えた。瞳には深い慈愛が浮かぶ。

「貴女がこうやって私とお喋り出来ているのは、それだけで奇跡。信じられない程の幸運。世界がやり直されてもう一度は起こらない。だから――」

小さな手をティナの頭に置き、優しく撫でる。ほんの微かな笑み。

「手にした『星』は絶対に離すな。絶対に、絶対に離すな。ちびっ子狼はもう全ての幸運を使い果たした。二度目は——ない。この世界は残酷で、ろくでもなく、容赦がないから。貴女が離さないならば、『星』は離れて行ったりしない。意味、理解した？」

『星』？　いったい、誰——私の脳裏に、優しく名前を呼んでくれる、今、一番会いたい方の顔が浮かんでくる。

隣のエリーも「……アレン先生？」と呟いた。

ティナは目をぱちくり、とし、少しだけ考え——頷く。

「……はい。はいっ！　ありがとうございます。頑張りますっ！」

「ん。ちびっ子狼はいい子。あと、貴女の中の子は心配いらない。その子もいい子。……そこにいる私の敵達は頑張らなくていい。そんな胸は不謹慎。遺憾を表明。もぐ？」

「！　あぅあぅ。ひ、酷いです」「！　そ、そこまで言わなくても……」

ティナへ向けるものと異なり、敵意に満ちた視線を隠れている私とエリーへぶつけてくる美少女。気付かれていたようだ。

木陰から姿を現すと、妹が元気一杯に手を振ってくれた。

「あ、御姉様！　エリー！」

「ティナ、捜したのよ？」「テ、ティナ御嬢様、突然、いなくなっちゃダメですっ！」

「す、すぐ戻るつもりだったの。そしたら、みんなが蜂蜜を持ってきてくれて、この子が温室をうろちょろしてたから……」

ティナがしどろもどろに弁明。

けれど、エリーは近づきぷんすか。

「す、すぐに戻って来てくださいね、って、私、言いました！」

「エリー、怒らないでっ。ほ、ほら、蜂蜜採れたんですって！　お菓子、作ってくれる？」

「そ、そんなことで誤魔化され——わぁ～綺麗です♪　凄いですね♪　こんなにあったら美味しいお菓子がたくさん作れますっ！」

妹達は、すぐ楽しそうに喋り始めた。昔と変わらない光景だ。

私も二人の会話に混ざろうとし——光が輝いた。

何の気配も、音もなく、脇を通り過ぎた美少女に囁かれる。

「——エーテルハートの娘が『聖女』となり、ちびっ子狼は『忌み子』でありながら『八大精霊』の一柱をその身に宿して、呪いを止めた。そして、そんな貴女達と——あの人が出会う。世界は不可思議に過ぎる。狼聖女、あの人をお願い。助けてあげて」

「…………え？」

私が聖女って……すぐに振り返るも、美少女の姿は消えていた。

ティナの明るい声。

「あ、そう言えば、お名前聞いてませんでしたっ！　同志！　貴女のお名前は――ほぇ？」

「あぅあぅ……何処にもいらっしゃいません」

妹達が周囲をきょろきょろ、と見渡す。

ティナは籠に視線を落とし「蜂蜜が何瓶かない⁉」

私はエリーにお願いする。

「エリー、風魔法の探知を使ってみてくれる？　私も光魔法を使ってみるわ」

「は、はひっ！」

エリーが風魔法。私はノートに書かれていた光魔法を使用する。

――けれど、それらしき少女は何処にもいない。

その時、気付いた。

此処に来るまで、私達はティナを魔法で探知出来なかった。妹が残念がる。

「う～！　折角、仲良くなれたのに……。私とリィネと同志で手を組んで、それにカレンさんを名誉顧問にして、エリーや御姉様、そしてリディヤさんとフェリシアさんを打倒する大計画がっ！」

「あぅあぅ。テ、ティナ御嬢様、目が、目が怖いですぅ」

その時——誰かが温室を歩いてきた。名前を呼ばれる。

「ステラ、此処にいたのか。刻限だぞ。ティナ、部屋へ戻っておれ。万が一もある」

「御父様……分かりました」「あ、はーい」

「ではな」

父が屋敷へと戻って行く。私は妹達に向き直り、背筋を伸ばす。

「ティナとエリー、また後で話しましょう。私は——御父様と一緒に、帝国大使と会って来るわ。ロランにも伝えておいてね？」

＊

「これはこれは、ワルター・ハワード公爵閣下。本日は、会談の場を設けていただき誠にありがとうございます。帝国全権大使ヒューリック・チェイサーです」

「………知っている」

会議室で父と私を待ち受けていたのは、縮れた茶髪の優男だった。その後方には数名の男達。護衛だろう。

優男が目を細め、私を視線でなめつける。

……気持ち悪い。確か、王都でリディヤさんにも求婚した大使だ。しかも、父をわざと『閣下』だなんて。

優男は私を見ながら聞いてきた。

「そちらのお美しい御嬢様を御紹介いただいても？」

「………娘のステラだ」

「おお！　お美しくなられましたなぁ。結構、真に結構」

自身の優位を確信しているのだろう。言葉の端々に、嘲りと欲望が混じっている。

私は嫌悪感を隠せず、胸のポケットに忍ばせた羽に触れる。……アレン様。

まず、父が椅子に座り、私に目配せしてきたので隣へ着席する。

父は大使を促す。

「……子供の遣いではないのだ……手短に願う」

「そうでしょうなぁ。何しろ、貴国の王都は、真に道理を弁えておられるオルグレン新公爵殿下が押さえられ、前国王陛下と王族の方々は行方知れず、と聞き及んでおります。各公爵家との連絡もままならぬとか？　いやいや、恐ろしい話ですな」

「………」

教授の予想通り、帝国は此度の変事を把握している！　それどころか、オルグレンとの繋がりまで示唆してくるなんて……。

父が冷たく問う。

「……単刀直入に問おう。帝国は何を欲するのだね？」

大使の目が蛇のように細くなった。

「では端的に――国境線をリニエ川まで下げていただきたい」

「！」

私は思わず声をあげそうになる。

リニエ川まで下げる。つまり、それは、百年前の北方戦役をなかったことにし、蒼竜山脈を越えたガロアの地の放棄要求！

父が更に冷たく問いを重ねる。

「………出来ぬ、と言ったら？」

優男は唇を歪めながら、大仰な仕草。私達を嘲笑う。

「私は理解致します。理解致しますともっ！　ええ！　それはそうでしょう！　ガロア地区は貴家にとって、輝かしき勝利の地！　そして、嗚呼!!　我が故国にとっては、苦い敗北の地……だからこそ、その地を何時までも王国に握られているのを、皇帝陛下も皇太子殿下も望まれておられぬのです。そう言えば、これは小耳に挟んだのですが――」

優男が大仰に両手を掲げる。

そして、蛇のような視線でこちらを見つつ、世間話でもするかのような口調で続けた。

「我が帝国南方方面軍が、貴家国境付近にて大演習を行っているとか、いないとか。無論、そこに他意はございません。所詮、演習は演習です。が、若手の騎士の中には血気に逸る者達も……困った者ですなぁ」

うちの家も、帝国軍が国境沿いに集結しているのは既に把握している。

そして、教授とグラハムによる物資集積情報の分析では、とてもガロア地区だけを目標にしているとは思えない、とも。

――目的は、間違いなく王国混乱に乗じた領地簒奪！

目の前の優男を、父がギロリ、と睨みつける。大使は余裕の笑み。

「恐ろしい、恐ろしい。名高き『北狼』様から、そのように睨まれてしまいますと、一介の大使である私如き、声も出なくなってしまいます。が、貴家だけで我が南方方面軍二十万と相対するは、いささか……。貴家の常備兵数はどれほどですかね？　一万ですか？　二万ですか？　総動員しても三万には届きますまい」

確かにうちの常備兵力はそれ程でもない。戦力的な劣勢は否めないだろう。

けれど——父が、こんな要求をのむ筈が、

「…………話については了解した」

「御父様⁉」

私は驚き隣の父を見る。その瞳には知性と——激情。

それに気づいていない大使が大袈裟に喜ぶ。

「おお！　流石はワルター・ハワード公爵閣下！　話が通じて何より。では、早速、この書類にサインをいただきたい。既に皇帝陛下の裁可は」

「——帝国大使殿は、何やら考え違いをされておられるようだ」

「？　考え違い、ですと？」

「うむ」

夏の日差しが差し込んでいるというのに、肌が冷たい。

父は大使の前で腕を組み、尋ねた。

「貴殿の前にいるのを誰だと思っているのだ？」

鋭い眼光がチェイサーを貫く。先程までの余裕は消え、優男の頬を冷や汗が伝う。

そして、父は雄々しく名乗りをあげた。

「我が名はワルター・ハワード！　王国北方を守護せし者ぞ。戦わずして領土を明け渡すなど、考えたこともない。帝国皇帝にはこう御伝言されたい」

　王都へ行く前、父が私へ告げた言葉を思い出す。

『王国四大公爵家は王国の守護神足らねばならぬのだ』

　その言葉の意味、今ならしっかりと理解出来る。

　青褪める大使へ、父が啖呵を切った。


「『来りて取れ』！」


「!?　……ふふ、ふふふ。そのような態度を取ってよろしいのですか？　我が帝国軍とて、貴家の実情は分析しているのですよ？　ガロアを奪われた百年前ならいざ知らず、現在の貴家では我が故国と増援無しにやり合うなど、不可能！　勝ち目のない戦いを」

「……『ハワードの忌み子』……」

　父が小さく零す。その表情は沈痛。私の胸も、ズキリ、と痛む。

　訳が分からない優男は捲し立てる。

「？　誰です、それは。公爵、今、我々が話をしているのは」

大使を無視し、父が言葉を重ねる。

「……つい先日まで、私の末の娘は王国の貴族達から陰でそう呼ばれていた。何しろ、魔法が全く使えなかったのでな。貴国でもそうであろうが、魔法を使えぬ貴族は蔑みの対象となりやすい。公爵家に列なる者であるならば尚更だ。真の意味も知らずに、あの子を『忌み子』『忌み子』とな」

「だ、だから、何の話をして、っ⁉」

父が発した殺気を受け、大使が椅子から転げ落ちた。

後方で控えていた護衛が剣の柄に手をかけるも……青褪め、手を下ろす。剣は凍り付き、封じられていた。父は静かに続ける。

「だが……我が領内の者達は、皆、例外なくあの子を心から愛してくれた。『我等が愛しき小さな御嬢様』と。そして、言葉には出さずとも、末娘を救ってくれたのが彼だと知っていた。……知っていたのだっ！」

凄まじいまでの激情を吐露する。

嗚呼……父は、ティナを、私の妹を心から愛してくれている。

口調が落ち着き、諭すように大使へ続けた。

「此度、起こった変事において、東都でおそらくは我が身を顧みず、最後の最後まで自らの責務を全うしただろう青年はだね……ハワードにとって、そのような人物であったのだよ、帝国大使殿。今、言った意味が分からぬのならば皇帝へ問うが良い。事は貴国にも関わる話だ。故に今、我々は先を急いでいる。とても急いでいる。恩義を果たさずして何がハワードか！　我等はとっとと逆賊共を成敗し、恩人を救いたいのだよ。にも拘らず、だ……貴国は我等の邪魔をするという。ならば――」

拳が机に叩きつけられテーブルが破損。木片が飛び散り、漏れ出た魔力で凍り付く。

初めて見る、父の――王国北方を守護せしハワード公爵としての、決然とした姿。

「噛み千切り、引き裂いて、戦場に打ち捨てる他はあるまい？　……ハワードを舐めるなよっ!!!　小僧っ！！！！！」

「っっっっ！！！！！」

室内に吹雪が巻き起こった。

帝国大使は顔面蒼白になり、護衛達もガタガタと震えている。

父が目線を入り口へ向けた。

「……よもや、貴殿まで、このような馬鹿げた事に関わってはおるまいな？」

「私はこの場にいてくれればいい、と皇帝から言われただけ。領土なんかに興味はない。冷たい。雪や氷は嫌い。止めて」

「これは失礼した」

父が会釈をし吹雪を消した。『公爵』から先に礼をする相手？

私も目線を入り口へ動かす。

「え？　貴女は……」

そこにいたのは、先程、温室で出会ったあの美少女。

……扉が開いた気配は一切なかった。

困惑する私を他所に、父は驚くべき言葉を発した。

「久しいな――『勇者』アリス・アルヴァーン殿。いったい、何用かね？　ここには、貴殿が斬るような、世界に大きな影響を与えうるようなモノはいないと思うが？」

「ん。確かにそう。所詮、カップの中の争いに過ぎない。私が剣を振るう必要性は皆無だから、勝手にすればいい。数だけいても帝国軍は羊の群れ。統率者も大半が羊。狼に率いられた、わんこの群れには敵わないと思う」

父の問いかけに、少女は素っ気なく首肯する。

………え？

『勇者』って、あの御伽噺とかに出て来る⁉　この子が！？！！

更に困惑する私には目もくれず、美少女は此方へ歩いて来て、目の前の空いている椅子にちょこん、と腰かけた。

「狼聖女。紅茶」

「あ、は、はい」

思わず頷き、まだ口をつけていない自分のカップを差し出す。「……熱い」と呟き、ふーふー、しながら飲んでいる姿はとても、伝説の英雄には見えない。

ようやく、我に返った帝国大使が、泡を喰い叫ぶ。

「ア、アリス殿！　困ります‼　この場に来られた意味をお考えくださいっ‼　貴女とて、皇帝陛下の臣である以上、帝国の為に最大限の努力――あがっ……」

突然、バタバタ、と優男と警護兵達が腰を抜かし、地べたに這いつくばる。少女の一瞥に耐え切れなかったのだ。感情のない否定。

「……私は皇帝の臣なんかじゃない。『帝国』という土地にただ昔からいるだけ。今日、この場に来たのは精霊が騒がしかったから。あと、皇帝に『新たな『氷雪狼』の使い手が現れたという情報がある』と言われた確認。もう納得した。それと――」

『っ‼』

電光が部屋の中を走り、音を立てて天井の照明が全て砕け、床に落ちる前に消失。

少女が淡々と勧告する。

「私は蛆虫に名前を呼ぶ許可を出した覚えはない。領土なんてないけれど、私はアリス・アルヴァーン大公。蛆虫の論理でも、どちらが上かは分かる筈。言葉遣いがなってない。不敬で死ぬ？」

「あがふっ⁉」

大使が苦しそうに床で喘ぐ。

私も内心で激しく戦慄する。今のは魔法、なの？　魔法式すら見えないなんて……。

それに、ティナが『氷雪狼』を使えるようになった情報が洩れている。

――以前の私ならもう剣と短杖を抜いてしまっていた。

でも、今の私は――そっと、胸元に忍ばせた蒼翠グリフォンの羽に触れる。

……大丈夫、私はアレン様の教え子だもの。たかだか英雄なんかに動じたりしないっ！

父が平然と紅茶を飲みながら、美少女へ尋ねる。

「私も大公と呼んだ方が良いかね？」

対して美少女は、視線を戻し「ん。狼聖女も中々やる。同志が言うように、あの人に尻尾ぱたぱたなだけある。お菓子」と要求してきたので、焼き菓子の小皿を差し出す。

……尻尾ぱたぱたって。確かに事実ではあるけど。ティナ、お喋りね。

でもこの子、アレン様をやっぱり知って？

勇者は小さな硝子瓶を開け、焼き菓子にティナの蜂蜜をかけながら、父へ告げる。

「名前以外なら何でもいい。それよりも、同志のことを少しだけ聞く」

「同志？」

「御父様、ティナのことです」

横から助け船を出す。妹はこの勇者様に随分と気に入られたようだ。

父が私に頷き、勇者が続ける。

「皇帝の言うように、同志は『氷雪狼』を使えるようになっていた。でも、戦場に出すのは止めておいた方がいい。呪いは解けたわけじゃない。ただ――止まっているだけ」

いったい、なんの話？？『呪い』？

私が考え込んでいると机の下から倒れていた優男の手が伸び、テーブルにかかった。

「あ、新たな、極致魔法の使い手ですとっ⁉　アリス殿、それは重大な、っっっ!!!」

荒く息をしていた大使が起き上がり、血相を変え会話に加わろうとし、再び美少女の一瞥を受け藻掻く。そして、遂に泡を吹き倒れた。

父は何事もなかったかのように返事をする。

「勇者殿が懸念するような事は起こらぬよ。ティナはまだ十三。戦場へ出るには若過ぎる。私個人としても、出す気はない。たとえ、あの子が大人になろうともな」

「？　私は七つで竜とやり合い、双翼の悪魔を殺した。十三なら、戦場に十分立てる」

「……凄まじい戦歴よの」

あっさりと美少女が告げた内容に、絶句する。

竜と悪魔は最凶種として名高い存在。災厄に等しく、人が対抗するのは極めて困難だ。

勇者は核心をついてくる。

「同志が、いきなり極致魔法を使えるようになったのは何故？」

「本人と会ったのだろう？　末の娘は弛まず努力をしていた。加えて、貴殿はアレンと面識がある、とも聞いている。これで理解出来るのではないか？」

「ん。確かにあの人の影響は多大。同志が真面目なのも分かる。でも………それだけ？」

美少女が心底の疑問と共に、父へ問う。

ティナの努力。アレン様の指導。けど、勇者は納得していない。

他にある要素――……アレン様と魔力を繋いだ……。

父は頭を振る。

「嘘を述べる理由もない。第一、勇者殿からすれば、極致魔法とて他の魔法とそれ程、変わりはあるまい？　何をそこまで気にされているのだ」

勇者は顔を顰めながら、焼き菓子を頰張った。

「あむ――ん。美味。買い被りが過ぎる。極致魔法は少し面倒」

「少し、か。我が王国でも使い手が限られるのだがな」

「大陸全体で見れば、一か国に四家もいる方が異常」

「当然であろう？　何しろ、王国西方には『魔王』がいるのだ」

勇者様は唇を尖らす。

「……狼は賢くて嫌い」

「悪い友人共に囲まれておるからな」

「きっと嫌な人達。取りあえず、私は聞きたいことを聞いた。納得はし難いけれど。後はカップの中で争えばいい」

美少女は議論を打ち切った。本当にこれだけを尋ねにきたらしい。

父が勇者様へ話しかける。

「……アリス殿。彼なのだが」

「――……ん。分かってる……分かっている。でも、俗世に私は関われない。あの人なら乗り越えられる。大丈夫」

「……そうか」

美少女は一瞬、憂い顔になったものの、すぐさま無表情に戻った。

……この子は間違いなくアレン様を知っている。

そして、私達とは違うけれど、とてもとても深い想いを抱えている。

父が床に這いつくばり、苦しそうに喘いでいる帝国大使へ告げた。

「もう良いかね？　戦の準備もあるのでな」

「馬鹿、な……馬鹿なっ……馬鹿なっっ!!　い、一公爵が、列強の一角である、我が国とこうも容易く開戦を決意するだと⁉　どういう、頭をしているっ！！？　貴殿には恐怖というものがないのかっ！！！！」

「「恐怖？」」

父と私は顔を見合わせ――笑い合う。

優男は最初の余裕を全て捨て置き絶叫した。

「な、何がおかしいっ！　狂ったかっ⁉」

「いや、何。うむ、確かに恐ろしい、と思ってな。――恩義ある者に、恩義を返せず、死なせるのは恐ろしい。本当に本当に恐ろしい。故に――何度でも言おう。我等は急いでいるのだよ。邪魔をしないでいただきたいのだ、帝国大使ヒューリック・チェイサー殿。で、あろう？　ステラ」

「はいっ！」

即答する。あの方に、アレン様に、もう二度と会えないのは恐ろしい。私はそうなってしまったら……立ち上がれる自信なんてない。

それくらい、あの方を、私は……私は！

大使が護衛の手を借りながら、立ち上がる。

「っぐっ!!!　……後悔しても」

「後悔などせん。二度とな。そう……今は亡き妻に誓った。会談は終わりだ！」

「…………蛮族めがっ!!!」

罵倒しながら、足を子鹿のようにかくつかせながら優男と護衛達が出ていく。

父が紅茶を飲み終え、焼き菓子もしっかり食べ終えた美少女へ挨拶する。

「では、勇者殿。お会い出来て光栄であったよ。また、何処かで。出来れば戦場では会いたくないものだ」

美少女は私を見つめ「ん。狼聖女、口を拭いて」と顔を出してきた。

この子、リディヤさんに少し似ているような……。

そう思いつつ口元をハンカチで拭うと「ありがとう」勇者様は椅子から降りた。

「私にも狼を虐める趣味はない。でも……最悪の事態が起きた場合は別。そうなったら次、会うのは戦場」

「ほぉ。それは、どういう意味かね？」

父が興味深げに少女へ尋ねる。

すると、勇者は入り口へ向け歩きながら、一見、関係のない話を始めた。

「正直――貴方の言う『恐怖』は余り理解出来ない。私が怖い、と思ったのは今までで一度きりしかない」

「名高き黒竜戦かね？　もしくは、その前に行われた今や伝説である『剣姫』との決闘」

「――違う」

勇者は否定し、そして、振り向き、美しく微笑んだ。

そこにあるのは――心からの愛情。

「私は紅い泣き虫毛虫なんか全然怖くない。次会った時、あの子一人なら間違いなく私が圧勝する。私が怖いと思ったのは……死戦場で私を救い、このろくでもない世界でたった一人怒ってくれて、私の為に泣いてくれた、あの人にもう二度と会えないかもしれない、と感じた瞬間だけ。たった一度、それだけ」

私の中で、点が線となる。

そうか。リディヤさんとアレン様は、かつてこの子と一緒に黒竜と戦い——王都を救ったんだ。

勇者は予言を告げる。

「けれど、これは紅い泣き虫毛虫も一緒。そして、あの子は私みたいに強くない。あの人の——優しいアレンの手を離して、真っ暗な道を一人で歩いて行けはしない。だから、万が一、剣だけ強い泣き虫が深い深い『暗闇』に呑まれてしまったのなら、私の——『世界』の敵になるかもしれない。そうなってしまったら、狼、貴方との再会は早い。……私はあの子を斬らないといけなくなるから」

第2章

「え？　フェリシアさんが、王都からっ！？！」
「は、はいっ！　リィネ御嬢様！」

王国南都。リンスター公爵家屋敷。

自室で兄様――『剣姫の頭脳』の異名を持つアレンから課題として与えられたノートを、心を落ち着かせる為に解いていた私は、飛び込んできた目の前の少女へ聞き返しました。きらきらと輝いている茶髪を二つ結びにしているメイド見習いで、夏季休暇中限定で私の専属となっているシーダ・スティントンが何度も頷きます。

「たった今、馬車で到着されました！　途中の都市までは『天鷹商会』のグリフォンで来られたみたいで、エマ様達も全員、御無事です！」
「そう、良かった……本当に良かったぁ……」

私は見知った人の安否が分かったことで、ここ数日で最も安堵を覚えます。

――つい二日前の炎曜日に齎された凶報。

『オルグレン公爵を首魁とせし貴族守旧派謀反。王都王宮炎上。リチャード公子殿下率いる近衛残置部隊及び『剣姫の頭脳』、東都において叛乱軍相手に勇戦……生死不明』

王都を脱出したリンスター公爵家メイド隊第四席であるエマから、この一報を受けて以来、屋敷の雰囲気は一変してしまいました。

私の故国である王国には、東西南北、合わせて四人の公爵がいます。

それらの公爵家の者には、建国の際の活躍と王家の血が入ったこともあり『殿下』の尊称がつくのが習わし。私であれば、『リィネ・リンスター公女殿下』という具合です。

――故に、四大公爵家は王国の守護を代々担ってきました。

にも拘らず、どうしてオルグレンがこんな馬鹿げた事を仕出かしたのかは、未だ判明していません。

東都で勇戦されたという情報だけが判明している、私の実兄である近衛騎士団副長リチャードと兄様の安否も未だ不明のままです……。

私は、シーダに確認します。

「他に新しい情報はある？」

「えとえと……リディヤ御嬢様は、今日も御食事を召し上がらなかったそうです」

王立学校入学以来、兄様と共に歩まれてきた私の敬愛する姉様――『剣姫』リディヤ・リンスターは凶報を聞かれた直後、慟哭されました。

そして、落ち着かれた後、すぐさま東都へ向かわれようとなさいました。

けれど、それを母様とメイド長のアンナ、副メイド長のロミー、第三席のリリーとが無理矢理押し止め――以来、お部屋に閉じ籠られたままです。

メイド見習いの少女は報告を継続します。

「あとあと、先程、アトラスとベイゼルから使者が来られたみたいです」

「……使者ですって？」

大陸西方における列強の一角、侯国連合内のアトラス、ベイゼル両侯国はリンスター公爵領の南に位置し、国境を接している国々です。

ここ最近、国境で演習を行っている、と聞いていましたが……何故この時期に？

私は耐え切れなくなって、テーブル上のノートに触れます。そこには兄様の優しく温かい字が書かれています。

『リィネ、焦らないでいいんだ。ゆっくり成長しておくれ』

兄様……リィネは、リィネは無力です。本当は貴方を助けに行きたいのに！

姉様をお慰めしたくても、何て声をかければいいのか……。

しゅん、としていると、今は北にいる友人達の声が聞こえる気がしました。

『ふんっ！　次席さんは弱虫さんですねっ！　私達は頑張るしかないんですっ！』

『あぅあぅ、ティナ御嬢様、言い過ぎです。――リィネ御嬢様、大丈夫ですよ？』

綺麗な薄蒼の白金髪で小っちゃなハワード公女殿下が腕を組んでいる姿と、ブロンド髪で少しだけ、ドジっ子なウォーカー家のメイドさんが困りながらも、私を励ましている姿が脳裏に浮かびました。……あの二人がいてくれたら。

心配そうにシーダが声をかけてきます。

「あ、あの……リィネ御嬢様？」

「――大丈夫よ。少し考え事をしていただけ」

軽く右手を振り、立ち上がります。

私はノートの文字をなぞり、閉じました。

月神教という王国ではあまりよく知られていない宗教の印を指で触っている、メイド見習いの少女へ声をかけます。

「シーダ、フェリシアさんの所に行くわよ！」

「は、はいっ！　今なら、まだ玄関にいらっしゃると思います！」

私達が玄関前の中二階へ急いで出向くと、丁度、担架が到着し、少女が運ばれそうになっているところでした。

シーダと共に近くの階段を駆け下りながら、私は叫びます。

「フェリシアさんっ！」

淡い栗色の長髪で眼鏡をかけている、疲れ切った様子の少女が弱々しく目を開け、私の名前を呟きました。

「……リィネ、さん……？」

「嗚呼、良かった……良かったたっ！」

覗き込み手を握りしめます。……凄く冷たい。息も荒いです。

担架に横たえられたこの少女の名前はフェリシア・フォスさん。

ついこの間まで王国の名門、王立学校に通われていた私の先輩であり、リンスター、ハワード両公爵家が合同で設立した『アレン商会』で辣腕を振るわれている番頭さんです。

私は周囲にいる、黒茶髪で褐色肌のメイド——リンスター家メイド隊第四席のエマと、顔見知りのメイド達を見て涙ぐみます。誰も欠けていません！

「エマもみんなも……良かった。本当に良かった……」

「リィネ御嬢様……勿体ない御言葉です……」

エマやメイド達も涙を流しています。その時、気付きました。

――ハワード公爵家のメイド達もいる。

私はフェリシアさんの手を握りしめながら、魔法を発動。手を温めつつ、ブロンド髪で割れた眼鏡をかけている無表情な少女へ頭を下げます。

「リィネ・リンスターです。フェリシアさんとみんなを守ってくださり有難うございました。本当に、本当に有難うございました。皆さんは全員、御無事ですか？」

ブロンド髪のメイドがほんの少しだけ表情を崩しました。

「ハワード公爵家メイド隊第四席サリー・ウォーカーです。ありがとうございます。我々も全員無事です」

「ウォーカー？　もしかして、貴女はエリーの――」

「……リィネさん……これを……」

フェリシアさんが言葉を遮り、私に折り畳まれた数枚の紙を渡してきました。

さっと目を通します。『叛徒側の物資状態について』。

「？　これは？？」

「……私の所見、です……リサ様に……」

紙を私へ渡し終えた途端、眼鏡少女の力が抜けます。

「フェリシアさん？　フェリシアさんっ！」

必死で呼びかけますが、返答はありません。そ、そんなっ⁉

エマとサリーさんが割り込んできます。

「リィネ御嬢様、失礼しますっ！　サリーさん？」

「……気を喪われているだけです。ここまで殆ど眠られていませんでしたから」

よくよく見ると、豊かな胸が規則正しく上下しています。

「良かったぁぁぁ……」

へたり込みそうになりながらも、涙を拭い居住まいを正します。

「エマ、それとサリーさん、フェリシアさんをよろしくお願いします。さ、部屋へ！」

「「はいっ！」」

フェリシアさんとエマ達を見送り、私は少しだけ気落ちします。

王都から僅か四日で南都へ帰還するのは、身体が弱い元先輩には相当、大変だったでしょう。なのに、こんな報告書まで書いていたなんて……凄い。

フェリシアさんが『兄様に選ばれた』という事実を思い出し、少しだけ落ち込みます。

私も……もっと、もっと頑張らないとっ！

「あ、あの！　リィネ御嬢様！」

突然、少女が私を呼びました。

「？　どうかしたの？　シーダ」

「えとえと……」

先程まで、様子を窺っているだけだったメイド見習いの少女が口籠ります。

私は怪訝に思いながらも近づき――

「あ、見つけましたぁ～。リィネ御嬢様～」

上から明るい声が降ってきました。私とシーダは視線を中二階へ向け、

「ひょいっと～」

「あ、こらっ！」「え、ええ⁉」

あっさりと欄干を乗り越えた少女が空中へと跳躍しました。

そして、途中で浮遊魔法を少しだけ発動させ、ふわっ、とスカートを膨らましながら私達の前に降り立ちます。

私が知る限り、兄様以外でこんな風に容易く浮遊魔法を使うのは、姉様とエリーを除けばこの子だけです。

「えへへ～♪　リリー、参上です～☆　探しちゃいましたぁ～」

長身の少女が演技っぽく敬礼をしてきます。

長く綺麗な紅髪を黒のリボンで結い、矢の重なった紋様の服に長いスカート、革製のブーツを履いた、この女の子の名前はリリー。

リンスター公爵家メイド隊第三席を務めている、ちょっと変わった十八歳のメイドです。

私は注意します。

「中二階から飛び降りるの、止めなさい。ほら、シーダが固まっちゃってるわ」

「え～カッコいいじゃないですかぁ☆　シーダちゃん、こんにちは～♪」

「あ、リ、リリー様、こ、こんにちは……」

「えへへ～♪　いい子ですね～」

「わわわわ！」

リリーがシーダを抱きしめました。通りかかるメイドや使用人達は『ああ……またか。さ、仕事仕事』という表情をして通り過ぎていきます。

少女を解放したリリーが今度は私へ目を向け、両手を広げました。シーダは「……月神様、女の子に抱きしめられるのって、罪になりますか？」と錯乱中。

私は手で防止します。

「……リリー、今はそんな気分じゃ、わぷ」

冷たく拒否しようとすると、リリーに抱きしめられてしまいました。胸に……埋もれる。

子供の頃のように頭を優しく撫でてきます。

「駄目ですよぉ～。こういう時だからこそ、笑顔です、笑顔♪　大丈夫です、大丈夫」

……この子には何となく逆らえません。腕の中で頭を上げ文句を言います、

「ぷはっ。分かった、分かったからっ！　もうっ!!」

「えへへ～♪」

花が咲いたような満面の笑み。どうにも調子が狂います。

私達の傍で、メイド見習いの少女が胸の印を手に持ち、真剣な表情で考え込んでいます
「……月神様。あれは私がした方が良かったんですよね？　でもでも、恥ずかしくて……」

「シーダ、そういうところは見習わないでいいからっ！」

ようやく、リリーの拘束から逃れた私はシーダを止めます。

すると、年上メイドはシーダに向き直りました。

「シーダちゃん、良い心がけですよ～☆　私の真似をすれば、あ～ら、不・思・議。あっと言う間に、立派なメイドさんになれちゃいますから～♪」

「わっ、わっ！　足が、足が浮いてますっ！　その場で楽しそうに回ります。

リリーがシーダの両手を取って、その場で楽しそうに回ります。

メイド見習いの少女は目を回しながらも、助けを乞います。

「リリー止めて。シーダ、この子の真似をしちゃ駄目よ？　ちゃんとしたメイドになれないわ」

　メイド見習いの少女をようやく解放した自称メイドがその場でじたばた。

「リィネ御嬢様、酷いですぅ～。私は立派なメイドさん、メイドさんなんですぅ～」

　私は呆れ背を向け無視し、目を回しているシーダを見ます。

「あわわわ……くらくらです。でも……私はリィネ御嬢様のメイドさんになりますっ！」

「そうね、シーダは私と一緒に頑張るのだものね」

「はい。頑張ります！」

　シーダが小さな両手を握りしめます。この子、子犬っぽいですね。

　私は振り返り、リリーに尋ねます。

「……で？　リリー、私を呼びに来たんじゃなかったの？」

「あ、は～い」

　年上メイドはじたばたするのを止め、伝言を述べました。

「奥様が『会議室へ来てちょうだい』と。今、アトラスとベイゼルの使者が来てるんですけど、『良い学びの機会だから』って言われてましたぁ」

「！　母様が!?　それを早く言いなさいっ！　行くわよ、リリー！　シーダ、貴女は入れないから、フェリシアさんの様子を確認しておいて。後で聞かせてもらうわ」

「はい～」「は、はいっ！」

私は年上メイドを従えて二階東へ向かいます。

それにしても……今の声真似、凄く似ていました。こういう声も出せるなら、普段もそうすればいいのに。リリーが顔を覗きこんできます。

「？　リィネ御嬢様～何か～？」

「……何でもないわ。リリーがメイド服を貰えるのは当分ないわね、って思っただけ」

「ひっどいですぅ～！　あんまりですぅ～！　アレンさんに言いつけちゃいますぅ～」

「ここで、あ、兄様を出すのは卑怯でしょう!?」

＊

「リンスター公！　我等は戦いを望んではおりません。むしろ、貴家に協力したいと考えております。具体的には叛乱軍の鎮圧への助力です」

「しかし、不当に故地を奪われた同胞の為ならば……あらゆる手段を取るでしょう。貴家の勇名、大陸に知らぬ者はおりませんが、常備兵力はそれ程でもありますまい？」

父様と母様がいらっしゃる会議室から、知らない男達の声が聞こえてきます。

リリーが言っていた、アトラス、ベイゼル両侯国の使者でしょう。

私は年上メイドへ話しかけます。

「……もう始まってしまったみたいね。今から入るのは――」

「いいえ。問題なしです～。失礼します～」

「！　ち、ちょっと、リリー!?」

躊躇う私を無視し、年上メイドは会議室の扉を開けました。

拳を握りしめ、立ち上がっていた二人の男が私達を見ます。どちらも趣味の悪い装飾をたくさん付けた服を着ています。

私の父様であるリアム・リンスター公爵と、母様のリサ・リンスター公爵夫人は椅子に腰かけ、興奮気味な使者とは対照的に、悠然と紅茶を飲まれていました。

その後方に、こういう場では護衛役として常に控える、メイド長のアンナと眼鏡をかけた副メイド長のロミー。

うちの家にも私が生まれる前には執事がいましたが、姉様を誘拐しかける、という重大事件を起こし、廃止に。以来、うちのメイド達は他家からすると考えられない権限が与えられています。

当然、徹底的な実力主義です。

南方島嶼諸国出の移民であり、黒髪褐色肌のロミーが副メイド長なのはその象徴と言えるでしょう。

私はリリーの背に隠れながら室内を見渡し、思わず声を出します。

「あれ？　マーヤ？？」

母様の隣に座っていたのは、耳が隠れるくらいの栗茶髪で小柄の女性。私の姉様が小さかった頃の専属メイドにして、元メイド隊第三席のマーヤ・マトでした。

リネヤ、という可愛い赤ん坊を先週見せてもらったのですが……どうして、此処に？

苛立たし気に使者達が、父様へ要求します。

「話が途切れましたな。返答は明日いただきましょう」

「我等は何も、旧エトナ、ザナ侯国領の即時全返還など要求しておりませぬ。順次返還。それで十分です」

エトナ、ザナの順次返還!?　いきなり、そんな……この場で即断出来る筈もありません。

しかも、先程の言葉からすると、侯国連合は今回の謀反を知っている？？

——リンスター公爵領より更に南方の半島国家、侯国連合にはかつて、北部七侯国と南部六侯国。そして独立都市である水都で構成されていました。

けれど、北部の旧エトナ、ザナ侯国の両侯は肥沃なリンスター領への野望を抑え難く、三次に亘る南方戦役を引き起こしました。結果、御祖母様と母様の活躍もあり両侯国は王国へ併合され、現在では副公領が置かれ安定しています。

　父様が手を振られました。

「この場での返答は出来かねる。各家とも話し合う必要がある」

「明日、また参ります」「賢明な御判断を期待しております」

　両侯国の使者は捨て台詞を吐き、部屋から出ていきました。

「…………悩ましいものだな」

　父様は顔を顰められました。アトラス、ベイゼル両侯国があそこまで強硬に……室内の空気が重いです。

　――手を叩く音。視線が母様に集まります。

「さ、次にいきましょう。リィネ？　その手に持っている物の説明をしてちょうだい。こういう事態となったものだから、マーヤには仕事を手伝ってもらうことにしたわ。リネヤには可哀そうなのだけれど……」

「奥様、有難うございます。ですが、母と父が見てくれていますので」

「……すまないわね。リィネ」

「は、はいっ！」

使者達が去った部屋で、私はその場で立ち上がり、少し緊張しながら説明を開始します。

――フェリシアさんの報告書に書かれていたのは主にこのような内容でした。

・汽車間隔から推測される継続的な汽車使用を支える組織状態。
・物資取引回数と、《東都・王都》間の汽車本数からはじき出された兵站状況。
・取引した物資量から推察される敵軍の規模。

それらが簡潔かつ、理論立てて書かれています。敵将が見たら愕然とするでしょう。

戦略的観点からすると、叛徒達に対して私達は相当の優位を持ったと言えます。

報告書の最後には書き殴った字で結論と付記。

『叛徒の大半にまともな兵站組織なし』

『汽車の車両数こそ多いものの、それを支える組織には目が配られていない』

『付記：グリフォン、飛竜の積極活用の兆候なし』

私の説明を聞き、報告書を読まれた母様が称賛されます。

「見事ね。『人の真の価値は緊急時にこそ分かる』と言うけれど……フェリシアにならば、我が家の後方を任せてもいいわ。アンナ、これを各家へ急ぎ複写して渡してちょうだい」

「畏まりました」

恭しくアンナが頭を下げました。報告書を読み終えた父様も、状況説明を再開されます。

「フェリシア嬢の報告書が正しいのであれば……王都を占領した叛徒共は――」

背後の壁に貼られた王国全図を指示棒で叩かれます。

まずは王都に大きな黒の星が出現しました。

次いで、北、西、そして南。それぞれに白の星が浮かびあがります。北都と西都、南都の各公爵家でしょう。

父様が更に北と南を指示棒で差されました。

「即座に我等かハワードを潰したい、と考えている筈だ。何故ならば」

「ハワードにはユースティン。私達の前面にはアトラス、ベイゼル両侯国軍が蠢動、状況を鑑みれば、叛徒達と繋がっている。今ならば挟撃可能ね。流石に魔王軍と血河を挟んで対峙している、ルブフェーラと王国騎士団主力には手を出せなかったみたいだけれど」

母様が後を引き取り、左の人差し指を立てられると、王国の北と南に、大きな黒い星が出現します。そして、西に最大の黒星がもう一つ。

こうして地図で見ると……リンスターとハワードは挟撃される可能性大、なのが如実に理解出来ます。

父様が淡々と告げられます。

「状況図だけを見れば、我等は不利だ。王都を押さえられ、陛下と王族の方々は行方不明。北方のハワード、西方のルブフェーラ公爵家との連絡も遮断されている。だが――事はそう単純ではない。で、あろう？　アンナ」

「はい、旦那様」

アンナがにこやかに肯定。その隣にいるロミーも大きく頷いています。

一人、リリーだけは「今日のお昼がぁ待ち遠しいですぅ～」と机の上に上半身を投げ出しています。

ロミーが眼鏡を光らせて問います。

「リリー、状況を理解していますか？」

「？　はい～勿論ですぅ～。んしょ」

年上メイドは上半身を起こし、立ち上がりました。

そのまま地図の傍に行き指を滑らせます。王都で止まりました。口調が変化します。

「――王都王宮は陥落。けれど、今に到るまで陛下と王族の方々の情報はありません。これは、有事の想定通り、西方への退避に成功したと考えるのが自然です」

「理由は？」

父様が面白そうに問われます。母様や、アンナ、ロミー、マーヤまで同じ表情です。

……リリーって、何だかんだ可愛がられているんですよね。年上メイドは返答します。

「仮に陛下や王族の方々を害した乃至、捕らえたならば、それを叛徒達は大々的に喧伝する筈です。けれど、そんな様子は一向にありません。王都を落とした敵軍もその後、一切、行動らしい行動もしていないようです。これは、サイクス伯の魔法通信解析でもはっきりしています。フェリシア御嬢様の報告書通りなのか、はたまた、違う理由なのかは分かりませんが、私は複合的な要素が絡まっていると思います」

「ふむ、それは？」

サイクス伯とは、リチャード兄様の許嫁であるサーシャの父親で、王国南方の諜報を担っています。父様が答えを促します。

リンスター公爵家メイド隊第三席の少女は背筋を伸ばし、父様と母様を見ました。

「東都では未だ――戦闘が続いているのではないかなぁ～って思うんですぅ～。増援兵力として、王都の部隊を戻すか迷っているんじゃないかな～って」

『！』

途中で口調が戻ったリリーの戦況解釈に、室内が虚を突かれました。

東都。それは叛徒共の首領、オルグレン公爵家のお膝元。叛乱が開始されて、早四日が過ぎています。にも拘らずまだ抵抗を……？　ロミーが反論します。

「それは希望的観測でしょう？　確かに私もそう思いたい。リチャード坊ちゃまに何かあったならばっ……！　けれど、この場では感情を極力排した分析が求められます」

「根拠はあります～」

「何です？　それは」

リリーが微笑みます。

「東都にはリチャード様と何より——アレンさんがいらっしゃいますから」

「っ！」

迷いなど一切ない断言にロミーが絶句しました。

私は胸がモヤモヤとします。リリーはどうしてそこまで兄様を信じているのでしょうか？　以前の夏季休暇中に数度会っただけでこんな……何だか負けた気分です。

……こういう時、ティナやエリーがいてくれたら、すぐ相談出来るのに。

私が内心そう考えていると、マーヤがそっと手を握ってくれました。優しく囁かれます。

「（大丈夫ですよ、リィネ御嬢様。少しずつ、少しずつ成長していけばいいんです）」

「（………うん。ありがとう、マーヤ）」

兄様と同じ言葉。御礼を言い、恥ずかしくなります。

さっきの感情に名前を付けるとすれば、それは……嫉妬でしょう。

けれど、けれど、今、兄様に教えを受けているのは私であり、ティナであり、エリーであり、ステラさんです！　リリーが入り込む余地はありませんし、入れてあげませんっ！

「リィネ御嬢様〜焼き菓子、食べないんですかぁ？　なら、もらってもぉ〜」

「あげませんっ！」

戻って来て年上メイドが手を伸ばしてきたので、私は小皿を取り上げます。

まったくっ！　油断も隙も無いっ!!　父様が話を纏められます。

「とにかく……昨今なかった国家の大事である。明日、南方諸家当主を参集させた会議後、両侯国使者へ回答をする必要もある。各情報を収集し、今後の行動を決定するとしよう」

『はいっ！』

一斉に皆で唱和します。アンナがロミーを連れだって退室していきます。

リリーだけは椅子を倒しながら焼き菓子を食べ、紅茶を飲んでいます。「ふひぃ〜緊張しましたぁ」。嘘吐きっ！

年上メイドを睨んでいると母様に名前を呼ばれました。

「ああ、そうだわ。リィネ」

「はい！　何ですか？　母様」

すると、母様は先程までと異なり強い憂い顔。少し黙られた後、口を開かれます。

「……リディヤの様子を毎日、確認してちょうだい。今はメイドの席次持ちの子、数名に見てもらっているのだけれど、部屋から出てこないらしいの。私が行くとあの子を刺激し過ぎてしまうかもしれないわ。マーヤも悪いのだけれど」

「はいっ！　分かりました！」「お任せください」

「お願いね」

　母様が息を吐かれます。

「……こうして、いざ、その状況になってみると、リディヤにとって、アレンの存在が如何に大きいかが分かるわ。無事でいてほしいのだけれど」

＊

　その日の夜。寝間着に着替えた私はシーダを引き連れ、姉様の部屋の前にやって来ていました。

結局、今日一日、姉様は御部屋から出て来られませんでした。……心配です。

息を何度も吸っては、吐き、吸っては吐きを繰り返し、

「……良しっ」「リ、リィネ御嬢様、頑張ってくださいっ」

シーダも応援してくれる中、私は扉に手を置きました。以前までかかっていた魔法による封は一切ありません。そのまま開けようとし……躊躇が湧き上がってきます。

先日『兄様、生死不明』の報を受け、泣き崩れられた姉様の御姿が脳裏に浮かびます。

いきなり横から細い手が伸びてきました。袖には重なった矢の紋様が見えます。

「リディヤ御嬢様～お夜食のシチューですよぉ～」

「！　ち、ちょっと!?　リ、リリー！？！！」

私に先んじて、扉を開けた年上メイドが小首を傾げます。

「あらら～？」

「？　どうしたの――……姉様？」

部屋の中はもぬけの殻でした。

夏季休暇中、姉様はだらけられていたので服が散乱。机の上にも分厚い魔法書が山積みになり、ノートとペンが無造作に置かれ、床には丸まった紙が転がっています。

ベッドの上には、兄様の北方土産である狼の人形『アレン』が鎮座。その脇の丸テーブ

ルの上だけが整頓されていて、一枚のメモ紙と手帳が置かれていました。

メモに描かれていたのは精緻な魔法式。……兄様の字です。

手帳は広げられ一日だけ赤丸がつけられています。……姉様の誕生日。

リリーはトレイを丸テーブルに置き、メモを見つめ、『アレン』を抱き上げます。

「むむ～……室内に魔力の残滓すらもありません。さてと～家探しでもぉ……」

「リリー！　どさくさに紛れて何をしているのっ！」

私は思わず怒ります。こ、この子はぁぁぁ。

シーダが丸まった紙を拾い上げ、開いて大きな瞳を見開きました。

「リ、リィネ御嬢様、これって……」

「何？　魔法式？？」

そこにびっしりと描かれていたのは精緻極まる魔法式の一部でした。

大分古い魔法式のようで、炎属性、ということだけが分かります。

今まで読んできた文献の記憶を引っ張り出し、似たものを思い浮かべてみると……『禁忌魔法』に似ているような。私は大きく頭を振ります。

「……いえ、そんなわけありませんね」

「リィネ御嬢様？」

シーダの問いかけに答えず、私は手に持った紙を再び丸め、炎で燃やし尽くします。

――『禁忌魔法』

それは大魔法の使い手亡き現世における、最大威力を持つ魔法群。

けれど、余りの威力の高さ、そしてその非道さ故、二百年前の魔王戦争時ですら、人族と魔族とが定めた交戦規則『人魔協約』上で使用を禁止した、という曰くつきの代物です。

そんな魔法を姉様が……リディヤ・リンスターが使う道理はありません！

私はベッドに座り、シチューを食べ始めた年上メイドから『アレン』を強奪します。

「あ～あ～！　リィネ御嬢様、その子を返してくださいぃ～。私のなんですよぉぉ」

「違うでしょうっ⁉　あと、お行儀が悪いわっ！　……姉様の魔力、追えない？」

「ん～……」

リリーが左手の人差し指を立てます。何処となく、兄様がされる仕草に似ていて……私は人形を抱きしめます。

光属性広範囲探知魔法が静謐発動、淡い光が走っていきます。

「どう？」

「……御屋敷には～いらっしゃいませんね～。魔力の痕跡もないですぅ～あむ」

シチューを頬張りながら、リリーが少しだけ困った顔をします。

私も考え込みます。……姉様はいったい、何処へ？

「リィネ御嬢様」

「？　あ、マーヤ！」

部屋に入って来たのは、元リンスター家メイド隊第三席のマーヤ・マトでした。

マーヤは部屋の中を見渡し、近くにかけてあった小鳥の描かれた布製の鞄を手に取り、私達に微笑みます。

「リディヤ御嬢様の行き先、私が承知しております。夜の御散歩に付き合っていただけますか？」

星が瞬く夜の南都を歩くこと暫し。マーヤに案内されたのは、リンスターの屋敷から少し離れた丘でした。私は南都生まれ、南都育ちですがここに来るのは初めてです。

目の前には所々が破損している石造りの遺跡。……ほんの少し、不気味ですね。

私はマーヤの左腕に。シーダは右腕に抱き着きます。

ただ一人、淡い紅のケープを羽織った能天気年上メイドは、灯りを持ってずんずんと遺跡の中へ。

私とシーダは小さく叫びます。

「リ、リリー！」「リ、リリー様！」

「探検～探検～ですよぉ♪　あ！　も・し・か・し・てぇ……怖いんですかぁ？　うふふ～お子様ですねぇ★」

「「っ!!」」

振り返り、片目を瞑りニヨニヨ。こ、この、年上メイドはぁぁぁ。

しかも、今、ちょっとティナに似ていました。減点です！

私とシーダはそっと腕を離し「「………」」袖を握りました。

こ、これは仕方ないんですっ！　決して怖いなんて思っていませんっ!!

マーヤが優しく微笑みます。

「リィネ御嬢様、シーダちゃん、私達も行きましょう」

「「は、はーい」」

歩き出し、石造りの廊下前でリリーへ追いつきます。

大きな大理石の柱が数十本並んでいて……とても、不気味です。

年上メイドは鼻歌を歌いながら静音魔法を多重発動し、更に不吉な言葉を吐きます。

「ふっふ～ん。どうせならぁ、お化けとか出て来ないですかね～」

「！　リ、リリー⁉　そ、そういうことは言わない方が、いいわ、よ？」

「！　そ、そうですっ！　リリー様！　よ、呼ぶと寄って来るんですっ！」

「え～。良いお化けかもしれませんよぉ～？　ほらっ！　そこですっ‼」

「「～～～っ！」」

私達は再びマーヤに抱き着きます。慈愛溢れる元メイドはニコニコしています。

シーダはマーヤにしっかりと抱き着きながら、周囲をキョロキョロ。「……凄い立派な建物です。絵巻で見た月神様の聖地みたい……」。確かに使われている石も大変立派です。

微かな魔力反応。柱の上の方に淡い光が見えます。まだ幾つか魔力灯が生きているようです。所々、崩れている屋根からは月と星の光が差し込み、幻想的な光景です。

真っすぐな廊下を進んで行くと、片方が外れている石製の大扉が見えてきました。

残る扉の前でマーヤが立ち止まったので、私は質問します。

「マーヤ、ここは何なの……？」

「魔王戦争以前に建てられた聖堂のようです。何を奉っていたのかは存じませんが。――リィネ御嬢様」

マーヤが右腕を前方に差し出しました。私達も自然と視線をそちらへ向けます。

「……姉、様？」

淡い魔力灯に包まれ、八本の大きな柱に支えられた円形聖堂の遺跡奥。

大穴が開いている壊れた屋根からは星灯りが差し込んでいます。

その中にいたのは一人の人間離れした美しい女性でした。

座り込み、手に何かを持って、一心に、ただ静かに祈り続けています。普段は輝いている長く美しい紅髪は光を喪い、身体も小さくなったような……しかも、白の寝間着姿でその上、裸足です。胸が痛くなります。

――私の敬愛する姉様で王国が誇る『剣姫』リディヤ・リンスター。

私は息を呑みます。

「姉様が、神様に祈る、なんて………」

姉様がああされている理由は一つしかありません。

……兄様の御無事を、ただただ祈られている。

マーヤが静かに教えてくれます。

「幼い頃、リディヤ御嬢様は時折、こうして御屋敷を抜け出してお独りで祈られておられました。この場をどのようにお知りになられたのかは、煙に巻かれてしまいましたが」

「…………マーヤ。私達は此処にいちゃいけないと思う。屋敷に――」

戻りましょう、と言う前に、私の左隣にいた年上メイドが聖堂内に踏み込みました。

私とシーダは慌てます。

「リ、リリー」「リ、リリー様⁉」

止める間もなくリリーはずんずんと進み、姉様へ声をかけ、

「リディヤ御嬢様～そんな恰好で、出歩いちゃダメですぅ～」

淡い紅のケープを脱ぎ姉様の背中にかけました。

姉様は祈られたまま、呟かれます。

「…………いらないわ」

「御身体に障りますぅ～」

私は頭を抱えます。空気を読まないにも程があります。こういうところも、ちょっとテイナに似てますね。また減点です！　マーヤとシーダに目配せし、私達も御傍へ。

「……姉様、その……」

「…………リィネ、大丈夫よ」

姉様がケープを羽織られたまま立ち上がられます。手には止まったままの懐中時計を持たれています。遺跡内が突然薄暗くなりました。星が雲に隠れてしまったようです。

すぐに、マーヤ、シーダが魔法で灯りをつけました。

「…………」

姉様はただただ、暗い夜空を見上げられています。リリーが突然、両手を広げました。

「さ～リディヤ御嬢様ぁ～。御屋敷までお運び――」

「自分で歩くわ」

「ダメですぅ～★　綺麗な足に傷が出来ちゃいますぅ～。――アレンさんがこの話を聞かれたら、きっと悲しまれます」

「…………」

リリーの言葉に姉様は沈黙されました。

マーヤが布製の鞄から姉様の靴を取り出し、地面に置きました。

「リディヤ御嬢様、これをお履きください」

「あ～!!!　マーヤ、どうして持って来てるんですかぁ！　私が御姫様抱っこします～★って言ったのにぃ。小さい時以来の機会だったのにぃ」

リリーがその場でジタバタします。こ、この年上似非メイドはぁぁぁ……。

対して、マーヤはにこやかに一瞥。

「リリー御嬢様、少しは慎みをお持ちくださいね」

「!?　わ、私は御嬢様じゃないですぅ～！　そう言うのは禁止ですぅ～」

「私は既にメイドを引退した身。御嬢様の同輩ではありませんので。『リリー御嬢様』を

『リリー御嬢様』とお呼びする他(ほか)はありません。ふふふ……しっくりきます♪」

「ううう～……マーヤはとっても意地悪ですぅ……」

リリーはしゃがみ込み、地面に指で文字を書き始めました。

マーヤの方が一枚上手ですね。

姉様が靴を履かれました。

そして、何も言われず夜空を再度見上げ――踵(きびす)を返され、歩き始めました。

私達もすぐさま後を追います。……一人いません。振(ふ)り返り、名前を呼びます。

「リリー、帰るわよ！」

「はい～」

年上メイドは返事をし、すぐさま私の後ろへ回り込み抱(だ)きしめてきました。

「リ、リリー!?」

「ん～リィネ御嬢様の抱き心地も悪くはないですぅ～」

「ち、ちょっとっ！」

私達を見ているシーダが激しく動転しています。

「あわわわわ………っ、月神様、こ、こういう時は、わ、私も参加した方が!?」

「普通に助けなさいっ！」

リリー、シーダとお喋りしながら帰り道を進んで行きます。先程まであった重い空気はなくなっていました。……もしかして、リリーはこれを見越して？

「リィネ御嬢様～帰ったら一緒にお風呂入りましょうね～。小さい頃はよく一緒に――」

考えを撤回します。この自称似非年上メイド、何も考えていませんっ！

＊

気付いた時、私はもうすっかり馴染んだ王都、アレン商会の執務室にいた。

教授様と王立学校長が厳選してくださった、執務机と椅子。何時もと同じ光景。

違うのは――近くの椅子に白シャツ姿のあの人が座って、仕事をしていること。

ペンをくるくる回し、お小言。

『フェリシア、ここ、数字が間違ってますよ？　ここも、ここもです。……随分、疲れているみたいですね。無理せず、しっかり食べて、ちゃんと寝てますか？』

久しぶりなのに意地悪な質問。私は視線を向け、頬を少し膨らます。もう、この人は！

近づき両腰に手を置き、睨む。私は怒ってます！　なのに、とっても優しい笑み。

──嬉しい。

悔しいけど嬉しい。とっても、とっても嬉しい。嬉しくて仕方がない。

顔を見れて、声が聞けただけで、こんなにも心臓が高鳴ってしまう。

私は自分が思っている以上に、この人に会いたかったらしい。

照れ隠しで腕組みをし、文句を言う。

『それはアレンさんを試したんですっ！』

『なるほど。なら、僕は合格ですかね？』

『私にお小言を言われた時点で不合格です！　合格にしてほしかったら』

『ほしかったら？』

『……王都に戻られたら、一緒に御仕事してください。みんなばっかりズルいです。私だって、アレンさんと一緒にいたいんです！』

普段だったら言えないような甘えが、スラスラと口を出た。

……あれ？　私、こんなすぐ素直になれたかな？

微かな疑問を抱くも、アレンさんは困った顔。

『申し訳ない。帰るのは少し遅れそうなんですよ、でも、カレンの新しい短剣、凄く助かりました。流石はフェリシアですね』

私の親友であり、アレンさんの義妹でもあるカレン用に選別した短剣は無事届いたらしい。胸を張って、威張る。

『くふふ♪　もっと褒めてくれてもいいです。あれを見つけるのは大変だったんですよ？　でも、役に立ったのなら——』

最後まで言い切らず、私は口籠る。

……あれれ？　『凄く助かった』ってどういうこと？？？

カレンが、もうあれを使う羽目に陥った？？？　何処で？？？？

私の思考はやや混乱。アレンさんは頬杖をつき、くすくすと笑う。

『正直、すぐ見つけるのは難しいかな？　と思っていたんですが……フェリシアは僕の想像を軽々と超えてきますね』

『なっ⁉　何ですかぁ、それはぁ』

両拳を握りしめ、ぶんぶんしながら抗議する。

『もうっ！　もうったらもうっ‼　アレンさんっ！　どうして、私にはそうなんですかぁぁ……ステラやカレン、ティナさんやエリーさんやリィネさんにはしないのにぃぃ‼!』

アレンさんが立ち上がった。

手を大きく広げて演技じみた仕草をして、片目を瞑ってくる。

『それは勿論、フェリシアを信頼しているからですよ。アレン商会の番頭さんを』

『…………いじわる』

私は頬を大きく膨らまし、ジト目。すると、額を指で小突かれる。

『あぅ。な、何するんですかぁ』

『……フェリシア、リディヤ達をよろしくお願いしますね。どうか助けてあげてください。君も身体に気を付けて。無理無茶はしないように』

優しい、けれど、少しだけ悲し気な微笑み。私は聞き返す。

『……え？　アレンさん、それってどういう意味——アレンさん？？』

部屋が崩れていき、暗闇に包まれる。

いつの間にかアレンさんもボロボロの魔法士姿で長杖持ちに変わった。

そして、私に背を向け闇の方へ向かって行く。全力で叫ぶ。

『アレンさんっ⁉　何処へ行かれるんですか！！？　待って、待ってくださいっ！　私も貴方と一緒に行きますからっ‼』

闇へ足を踏み出し——。

＊

「アレンさん!!!」

自分の叫びで目が覚めた。

目に入って来たのは真っ白で、複雑な紋様が描かれているだろう天井だった。

眼鏡無しじゃ、ぼやけて良く見えない。寝ているのは信じられないくらい大きなベッドで、部屋自体もとんでもなく大きいのは分かる。王族の部屋……？？

身体を起こす、窓の外には王都とは少し違う樹木が見える。

此処……は？　ベッド脇から聞き知った挨拶をされる。

「おはようございます☆　フェリシア御嬢様♪　眼鏡をどうぞ」

「！」

声がした方に目線を向け――渡された眼鏡をかけまじまじと見つめ、栗色髪で細身の女性の名前を呼ぶ。

「アンナ、さん？？」

「はい♪　みんなのアンナさんですよ～」

そこにいたのは、にこやかな表情をされたリンスター公爵家メイド長さんだった。

――記憶が蘇って来る。

私、エマさん達に助けられて王都を脱出して、南都まで逃げて……そうだ、あの、報告書っ！　アンナさんが先んじて教えてくれる。

「大丈夫でございますよ～。報告書はリィネ御嬢様が奥様へ提出されました。情報が錯綜する中、有益な生きた情報、誠に有難うございました」

「そう、ですか……良かった……」

私はホッとし――寒気を感じた。

アンナさんが妖しい目をし、手にはいつの間にか濡れたタオルを持っている。

「ア、アンナさん……？　あ、あの……」

「うふふ～……フェリシア御嬢様、眠られている間に汗をかかれたようですので、御身体、お拭きしますね～★」

メイド長さんの視線は私の胸部に固定されている。

身の危険を感じた私は枕を抱え、首をぶんぶん、と振る。

「だ、大丈夫ですっ！　じ、自分で拭けますからっ!!」

アンナさんの瞳に嗜虐が見える。小首を傾げて、私をからかってきた。

「おや……？　『私の肌に触れていいのはっ！』的な話でございますか？」

「ち、違いますっ！　第一、アレンさんにだって触られたことなんて……」

私、何度か額に触れられた……。思い出してしまい、顔が赤くなる。

枕を少し上にし、顔を隠す。うぅぅ。アンナさんが、楽しそうに笑う。

「おやおやぁ？　お心当たりがおありのようでございますねぇ。これは、後程、エマ達から聞き出す必要が……」

「な、ないです！　も、もうっ！　私は別にアレンさんに――……」

脳裏に、王都脱出時に見た王宮の光景が浮かびあがった。

そして、その前に感じていた『軍需物資の取引増加』と私の実家であるフォス商会を含め『王都の中小商会に出入りする緑服の騎士達』。

――王都であんなことをした人達が、東都で何もしてない筈がない。

私はメイド長へ尋ねる。

「……アンナさん。その……アレンさんは東都で……」

「大丈夫でございます。あの御方は私が知る限り、誰よりもお強い御方ですので。御心配なきよう。フェリシア御嬢様の御両親も御無事でございましょう。王都の攻略部隊を実質指揮していたのは、大騎士ハーグ・ハークレイ。まず民間人に手は出しません。背中だけお拭きします」

アンナさんは迷わず断言。それ以上は何も語ってくれない。

確かにそうだ。あの人は強い。剣技や魔法もだけど、何よりその精神が。

……でも。私の心は心配でおかしくなりそう。

自分の身体の弱さが恨めしい。

ステラやカレンみたいだったら、私も一緒に戦えたのに……。

服を捲り上げ背中をアンナさんへ向ける。冷たい布の感触に変な声が出た。

「きゃうっ！」

「まぁまぁ、可愛らしい悲鳴でございますね☆　これは録音して、アレン様にも」

「止めてくださいっ！　は、恥ずかしさで死んじゃいますっ！」

「どういたしましょうか～♪　フェリシア御嬢様が、その胸の一部を私に分けてくださるならば、考えなくも……」

「む、無理ですっ！　……肩が凝るし、男の人には見られるし、良いことはないですよ？」

「アレン様は別でございますか？」

「アレンさんに見られるのは、そこまで嫌じゃ……か、からかわないでくださいっ！」

私は胸を抱きかかえながら、後ろで背中を拭いているメイド長さんを睨む。

悪戯っ子な顔で笑われる。

「うふふ★　エマ達の気持ちが少し理解出来ました。はい、終わりでございます」

「……ありがとうございます」

ジト目で見つつ布を受け取り、身体を拭いていく。

外からは馬の嘶き、車の駆動音、グリフォンが羽ばたく音が引っ切り無しに聞こえて来る。

リンスター公爵家とはいえ余りにも多過ぎる。

つまり、もう戦時態勢に――

「フェリシア御嬢様」

突然、メイド長さんが私の名前を呼んだ。目を向ける。

普段よりも静か、けれど、激情を秘めた瞳。

「御報告致します。アレン様は東都において、リチャード坊ちゃまと共に、その責務を十全に果たされたようでございます」

「……そう、です、か……」

想像はしていた。覚悟も決めた……つもりだった。王都からこっちに来る間、エマさん達の様子も変だったから、そうなんだろうな、と思いもした。

でも……胸を強く押さえる。

心は嵐のように荒れ狂い、息苦しい。視界が涙で曇り、眼鏡も濡れる。

……アレンさん！　……アレンさん!!　………アレンさんっ!!!

何が『無理無茶はしないように』ですかっ！　それは、私の台詞ですっ！

貴方がいなくなったら、私は誰の背中を……。

瞬間――強く自覚した。ああ、私、あの人をこんなに。……こんなにも。

そっとアンナさんが手を握ってくれる。

「大丈夫でございます。先程も言いましたが、あの御方は誰よりも……かの『勇者』様よりも、ある意味お強い。御嬢様方を本気で悲しませるようなことはなさいません」

「…………アンナさん」

眼鏡を外し、涙を袖で拭う。

そうだ。今は泣いている場合じゃない。

私が泣いていたって、あの人の助けにはならない。泣くのは、あの人を助けた後でいい。

私に戦場へ出る力はないし、その勇気もない。

でも、私は、私のやり方であの人を救ってみせるっ!!!

アンナさんの目をしっかり見て、乞う。

「私にお仕事をください！」

「フェリシア御嬢様？」

メイド長さんが本気で驚いた表情になった。私は自嘲する。

「私には戦場へ立つ力がありません。身体も、ちょっと無理をしたらすぐこう。でも」

ぎゅっ、と手を握りしめる。

「私は、私に出来ることをします！　きっと、アレンさんもそう言われると思いますから」

リンスター公爵家のメイド長さんは、私を見つめ——ふわり、と相好を崩された。

亡くなった祖母のような慈愛に溢れた視線が私に注がれる。

「……フェリシア御嬢様はとても、とても、とてもお強いのですね。承りました。万事、このアンナにお任せくださいませ。悪いようには致しません」

「ありがとうございます」

頭を深々と下げる。心に、ぽっ、と灯りがついた感触。

よーし！　フェリシア、頑張りますっ!!

そうと決まれば、すぐにでも何かしらのお仕事を——アンナさんが自然な動作で私をベッドへ寝かせた。……え？　今、どうやったの⁉　ニコニコされながら窘められる。

「でも、今日のところはまだお休みくださいませ。忙しくなるのは明日からでしょう。エマ、そして、サリー様も。フェリシア御嬢様に御食事をお願い致します♪」

「「⁉」」

部屋の外から大きな音がした。ノックの後、二人のメイドさんが入って来る。

一人は黒茶髪でやや褐色肌ですらり。もう一人はブロンド髪に眼鏡で冷静そう。

どちらも、とてもとても美人だ。そんな二人のメイドさんは、やや動揺中。

「……あ、あれだけ、静音魔法等々を重ねがけしてバレる⁉」

「……リンスターのメイド長様は相変わらず意味不明ですね」

私は、ベッドの中から二人の名前を呼ぶ。

「エマさん、サリーさん」

「「！」」

二人のメイドさんと私の視線が交わった。

「フェリシア御嬢様……！」「嗚呼……良かった！」

涙目になりながら、すぐさま近寄って手を握ってくれる。

アンナさんが「では、私は失礼致します☆」と手を振られながら出て行かれた。

私はエマさんとサリーさんへ頭を下げ、御礼を言う。

「ありがとうございました。皆さんのお陰です」

「勿体ない御言葉です……」「御無理をさせてしまい……」

「――エマさん、サリーさん、私」

そこで、く～、とお腹が鳴った。私は赤面する。こ、こんな時にぃ。

けれど、メイドさん達はとてもとても優しい笑顔になった。

「御食事にいたしましょう！」「食べさせるのは不肖、私が」

「……サリーさん、横暴では？」

「エマさんは、昨晩、フェリシア御嬢様の身体を隅々まで拭いていました」

「！　い、今、此処でそれを言いますかっ⁉」

一気に部屋の中が騒がしくなる。

――大丈夫。私は大丈夫です、アレンさん。もう泣いたりなんかしません。

だから……だから、少しだけ待っていてください。

すぐ、皆さんが助けに行けるよう――私、精一杯頑張りますからっ！

私は睨み合う二人のメイドさんへ話しかける。

「エマさん、サリーさん、私、御二人と『アレン商会』の皆さんにお願いがあるんです。

聞いてくれますか？」

＊

「うん。こんなものね。シーダ、制帽を取ってちょうだい」

「はい！　リィネ御嬢様！」

私は自室の姿見の前で、服装を確認し頷きます。

今、私が着ているのは王立学校の制服です。今日は各家の当主達もいるので私服というわけにもいきません。

かといって、軍服を着るのも……結果、着慣れた制服になったわけです。

控えていたシーダが、制帽をすぐに持って来て被せてくれます。私は確認します。

「シーダは大会議室には入らないのよね？」

「……はい。で、でもっ！　扉を開ける役を仰せつかりましたっ！　月神様にお祈りしておいて良かったですっ！」

メイド見習いの少女はとても張り切っています。……私からアンナに役目をお願いしたのは言わない方が良さそうです。胸の内に収めるのが主の度量というものでしょう。

「他に何か新しい情報はある？」

「あ、はいっ！　えっと……」

シーダがポケットからメモ帳を取り出しました。

「残念ながら叛乱についての新しい情報はありません。ただ、フェリシア御嬢様が目を覚まされて、お食事を摂られたそうです」

「フェリシアさんが？　……良かった」

あの元王立学校の先輩さんで、現アレン商会の番頭さんは御身体が強くありません。王都から此処までの脱出行は、大分、無理をされた筈です。

「……当分は療養してほしいわね」

「えっと……フェリシア御嬢様は、ベッドの上でたくさんの資料を読まれているそうです」

「………………あの人らしいけれど」

頭が痛くなってきました。身体が弱いのに仕事中毒ってどうなんでしょうか？

……そういうところも兄様は買われたのでしょうけど。制帽を被り直し、手を振ります。

「報告ありがとう。さ、行きましょうか、シーダ」

屋敷、三階の大会議室には招集を受けた南方諸家の主だった当主が集まっていました。

二侯爵、四伯爵はもとより、過去、武勲を挙げた勇将、智将、猛将、綺羅星の如く。

「リィネ御嬢様、こちらでございますよ～」

部屋の奥にいるアンナが私を呼びました。私は緊張しながら、シーダへ「また後で」と告げ、真正面左の席へ座ります。諸将が目を細めてくれるのが少し恥ずかしいです。

アンナに小声で聞きます。

「……姉様は？」

「リディヤ御嬢様は御加減が優れぬと……マーヤが付き添っております」

「………そう」

扉が開き、父様と母様、父様によく似ておられる縮れた赤髪の男性――リュカ叔父様が入って来られました。

そのまま真正面に着席されます。シーダが扉を閉めました。

父様が当主達へ挨拶されます。

「皆、良く来てくれた。時間もない。手早く話すとしよう。――オルグレン公爵家と貴族守旧派が『義挙』などと呼称し、謀反を起こした！　既に王都王宮は陥落。陛下と王族の方々の状況も不明。叛徒の本拠地である東都は言うまでもないだろう。そして、リュカ」

「はい、兄上」

父様の左に座られているリュカ・リンスター叔父様が後を引き取られます。

叔父様はリンスター公爵家領の更に南、旧エトナ、ザナ両侯国を治めていらっしゃる副公なので、侯国連合の動きには詳しいのです。

「既に報せた通り、現在、アトラス、ベイゼル両侯国は、我が副公爵領国境に軍を展開している。これは、叛徒共の動きと呼応したものと考えられる」

大会議室内がざわつきます。事前に報告されていたとはいえ、オルグレン公爵家が侯国連合とも手を結んでいた、というのは衝撃的な出来事。この反応も当然でしょう。

父様が問われます。

「つまり、我等は内に叛徒共を抱えながら、外では両侯国軍と対峙している。そして……両侯国の使者は『エトナ、ザナの逐次返還』を要求してきた。此処で皆の意見を聞きたい。我等はどうすべきであろうか？」

「……陛下の安否が明らかになるまでは、遺憾ながら持久すべきと考えます」

「同じく。陛下が健在であれば、叛徒共なぞ問題にはならぬでしょう。何れ自壊する」

真っ先に二侯爵が持久戦を主張します。

直後、他の諸将達も『持久戦乃至は様子見』と口々に意見を述べていきます。

リンスター公爵家を筆頭とする南方諸家は他国に『王国武闘派の巣窟』と思われていま

すが、だからこそ戦争には極めて慎重です。

戦争をすれば被害は出るし、金貨も消える。まして、相手が大陸三列強の一角である侯国連合であれば猶更。戦争を良く知るからこそ、戦争を恐れてもいるのです。

「兄上、此処は情報収集をするべきかと。リチャードのこと、御心痛かと思いますが……」

リュカ叔父様が父様へ、意見を纏め伝えられます。

「……………うむ」

父様が難しい顔をされて考え込まれます。

私はやきもき。皆の意見が正当なのは分かります。

けれど、『リンスターは当面動かない』となれば、きっと、姉様は兄様の元へ……。

窓の外から羽ばたく音。大きな獣が下へ落ちていくのが分かりました。あれは……？

窓際にいる者達が外を眺めます。「……『天鷹商会』のグリフォンだな」「傷だらけじゃないか。何処から飛んできたんだ？」

室内が大きくざわつきます。嫌な……嫌な予感がします。

ノックの音が響きました。皆の視線が一斉に入り口へ。涼やかな声が響きました。

「失礼致します」

入って来たのは、褐色肌に黒髪眼鏡の美人副メイド長でした。

普段は冷静沈着なのに、随分と高揚している様子です。父様が尋ねられます。

「ロミー、どうしたのだ！」

「ただいま——東都より近衛騎士ライアン・ボル様、帰着されました」

じ、じゃあ、先程のグリフォンは！　母様が問われます。

大会議室内に衝撃が走りました。父親であるボル伯爵も驚愕しています。

『！！！！？』

「話は出来るの？」

「凄まじい強行軍だった御様子です。メイド達に治療をさせていますが」

ロミーが表情を曇らせました。ボル伯爵が机を叩き、父様に進言します。

「殿下！　今は我が愚息の体調よりも、東都の状況確認こそが大事と心得ます‼」

「……ノーラン、無理を言うものではない。変事より、未だ五日しか経っていないのだぞ？　十分な休息を」

「失礼します～。ライアンさんを御連れしました～」

場にそぐわない明るい声が響きました。リュカ叔父様の顔が渋くなられます。

入って来たのは、ライアンと椅子を両手で抱えたリリーでした。椅子を置き、息も絶え絶えで鎧のあちこちに傷と血痕が残り、ボロボロな様子の近衛騎士を座らせます。

ボル伯爵が声を荒らげます。

「ライアン!!! 貴様、何故、何故、一人で帰着したのだっ!!! よもや、逃亡を」

「少し静かにしてくださいね～。傷に障るので～★」

リリーが伯爵の言葉を遮り、光属性上級魔法『光帝治癒』をライアンへ三重発動。

リュカ叔父様が咳払いされます。

「リリー、我等はライアンに急ぎ報告をだな……」

「治療を優先するのは当然ですぅ。それとも――リュカ・リンスター副公爵殿下は、決死で東都を脱出した近衛騎士様を責められるおつもりですか？」

「そんなことは……ない、のだが……」

リリーが口調を一転、道理を説きます。

周囲の各人も視線を逸らす中、再度、ボル伯爵が猛ります。

「ライアン！　質問に答えよっ!! リチャード様はどうされたのだっ!? 東都の状況っ」

伯爵周囲に炎花が舞いました。リリーがにっこり。

「黙っていてくださいねぇ～★　これだけ治癒魔法をかけて回復し切らないんですよぉ？

逃亡したんじゃないことくらい、分かると思うんですけどぉ？　──何より」

紅髪が膨大な魔力に反応し浮かび上がりました。

リリーが諸将へ断言します。

「東都には、『剣姫の頭脳』──アレンさんがいたんです。あの人と一緒に戦った騎士が臆病者な筈はありません。そうですよね～。ライアンさん」

「…………はっ」

治癒魔法の光が止みました。ようやく顔に血色が戻ってきたライアンが椅子から立ち上がり、片膝をつき、父様と母様に頭を深々と下げます。

押し殺した声で報告を開始しました。

「近衛騎士団第二中隊所属ライアン・ボル。東都の戦況を御報告する為、帰着致しました」

「よく戻ってくれた。無事で何よりだ」

「貴方がこうまでして戻った……戦況はそれ程までに悪いのね？」

ライアンは姿勢を保ったまま、絶望的な戦況を告げます。

「……東都は既にほぼ制圧されました。ですが、依然として、大樹周辺を近衛騎士団及び獣人族自警団と義勇兵の方々が死守しております。なれど、敵は圧倒的な大兵。このままでは、陥落は必至と思われます」

「ならば、何故、戻って来たのだっ！　未熟とはいえ、お前はリチャード様の盾に——」

「……私はっ!!!」

ライアンが突然、叫びました。身体が大きく震え、涙が床に染みを作っていきます。

「……私は盾になることすらも、それすらもっ、叶いませんでした。ただ、あの御方の——アレン様の足を引っ張っただけです。なれど……だからこそっ！　お伝えしなければならないのですっ！　東都で何があったのかを。あの御方とリチャード様、近衛騎士団と獣人達が如何に戦ったのかを!!　——それを聞いた上で、御判断いただきたいっ！！！」

私が知っているライアン・ボルは、とても穏和で騎士向きの人ではありませんでした。けれど、今、目の前で泣きながらも自らの使命を果たさんとしている男の人は——紛れもなく一人前の騎士です。胸に不安が押し寄せてきます。

——大会議室の入り口が音を立てて開きました。

私は思わず声をあげ、駆け寄ります。

「姉様！」

やって来られたのは、白の寝間着に淡い紅のケープを纏った姉様でした。マーヤが心配そうに付き添っています。大会議室内が今日一番、大きくざわめきます。

真っ白な御顔の姉様は私とマーヤを従えて歩かれ、ライアンへ話しかけられます。

「——……あいつと一緒に戦ったのね？」

「……はっ」

「…………そう。話してくれる？」

「リディヤ御嬢様、お座りください」

マーヤが椅子を持ってきて、姉様を座らせます。

すると、姉様が——『剣姫』リディヤ・リンスターは静かに手を組まれ、まるで祈りを捧げるかのように目を閉じられました。

ライアンは深く息を吸い、顔を上げ——あの日、東都であったことを語り始めました

＊

「アレン！　あと、どれくらいだい！」

「もう少しです！　このまま進めば高台まで辿り着けます！　落伍者は!?」

炎に包まれつつある東都、獣人新市街裏通り。木造の住宅がそこかしこで燃えている。

その中を駆け続けるのは、僕と赤髪の近衛副長――リチャード・リンスター公子殿下率いる近衛騎士団選抜決死隊、四十六名。

先頭のリチャードに追随している見事な髭の壮年騎士が報告してくる。

「軽傷者十一名。なれど――落伍者無し！」

「だ、そうだよ？　アレン総指揮官殿？　ベルトラン！　軽傷の者で偽りの申告をしている奴はいないな？　例えば、ライアンとかライアンとか。時々、ケレリアンとか!!」

「ふ、副長っ!!」「わ、私はボル家のお坊ちゃまとは違います」

隊の中央にいる若い近衛騎士が顔を紅潮させながら抗議の声をあげ、兜を被った美形な女性騎士も不満気に否定した。どちらも腕に包帯を巻いている。

他の騎士達はげらげらと笑う。いい部隊だ。

――オルグレン公爵家を首魁とする貴族守旧派の謀反。

そして、教義故、獣人の殺害に躊躇いがない東方の聖霊騎士団の介入。

それにより、獣人新市街で包囲された獣人達を救援すべく、僕達は炎の東都――『森の都』と謳われた戦場を駆けている。

次々と、魔法生物の小鳥達は敵情を報せてくるが……出来うる限り、交戦は避けたい。

何しろ敵全軍は軽く万を超えている。小道が多い獣人街の地形上、全軍に殴り掛かられる危険性はないものの、捕捉されれば厄介だ。

前方の高台から一発の信号弾が上がった。

色は赤。それが時間を空けて三度繰り返される。

『罠あり』

思わず苦笑。小鳥で報せて即か。反応が速い。

赤髪近衛副長が並走しながら、小声で窘めてきた。

「……アレン。魔法生物の展開はそろそろ止めた方がいいんじゃないかい？　朝からぶっ通しだろう？　部下の中にも使い手はいる。君には遠く及ばないけどさ」

「有難うございます。でも、大丈夫ですよ。皆さんの方の魔力は出来る限り温存を」

「言っておくけれど、僕は君を死なせるつもりは毛頭ない」

「奇遇ですね。僕も、貴方を死なせるつもりはありません」

心優しい赤髪の公子殿下へ謝意を示す。

リチャードが目を細め、僕へ何かを言いそうになり——

「アレン！」「分かっていますっ！」

誰もいないように見える、前方の通りから大量の雷属性初級魔法『雷神矢』が僕等に向けて放たれる。氷刃を纏わせた長杖を振るい、射線上の矢を弾き、受け流す。

リチャードも炎壁を形成。完全防御。後方の近衛騎士達に被害無し！

僕は長杖の石突を突き、氷属性初級魔法『氷神棘』を前方地面へ広域発動。

『！？！！！』

悲鳴の後、鮮血が飛び散り大規模認識阻害魔法が崩壊、大通りに布陣する重鎧の騎士部隊が出現してくる。その半数以上は槍杖持ちだ。

数は——約五百。中央には魔力を発する不可思議な人一人が入れる程度の匣。

『茨を纏う蛇』の軍旗からして、オルグレン公爵家幕下でも名のある魔法士を輩出しているザニ伯爵家。ここで『罠』か。

幾ら軍隊相手とはいえ、小鳥の偵察に引っかからない中央の奇妙な匣。未知の魔道具。オルグレンにせよ、聖霊騎士団、そして聖霊教も魔道具作製に長けるとはついぞ聞いていないんだけど——……まずい！

僕は放っている小鳥へなけなしの魔力を注ぎ込み、精度を向上させる。やっぱりそうか。

自分の迂闊さを心中で罵倒しながら、踵を返す。

「リチャード、前は任せます！　後方からも来るっ！　このままじゃ包囲されますっ‼」

「！　了解した！　ベルトラン、第二小隊を率いてアレンの指示に従えっ‼　第一、第三、第四小隊、続けっ!!!」

「はっ！」『応っ！』

近衛騎士達がすぐさま反応。僕は隊の最後方へ。

長杖を前へ突き出し――限界まで速度を上げた光属性初級魔法で『光神矢』で未だ目には見えない匣を狙撃。破壊音がし、敵部隊が浮かび上がってくる。軍旗は同じ、ザニ伯爵家のもの。数は此方の方がやや多いか。

敵戦列中央にいる、槍杖を持ちつばの広い魔帽を被った軽鎧姿の老魔法士が壊れた匣を一瞥し、僕へ鋭い眼光を飛ばしてくる。

「吾輩はザウル・ザニ伯爵である！　ここまでの突破、見事！　しかし、汝らは既に包囲された!!　降伏せよっ!!!」

わざわざの降伏勧告。ザニ伯爵は古き良き時代の魔法士。最低限の矜持をお持ちらしい。

僕は会釈しつつ長杖に魔法を準備。敵軍を挑発する。

「ご丁寧にありがとうございます。けれど、断固、お断りします。逆にお聞きしますが、貴方がたは故郷をこのように焼いた相手から降伏を迫られて『はい、分かりました』と応じるのですか？　魔法の探究者たる、ザニ伯爵家も地に墜ちたものですね」

「貴様っ！！！！！　皆、放てっ！！！！！！」「サンドラ！」

老魔法士に付き従っていた、茶髪の長い髪を結いあげている紅い女魔法士が激高。かかった！　盾から槍杖を突き出し、騎士達が次々と『雷神矢』を展開。ここだっ!!!

発動寸前で一部に介入、暴発させる。雷撃が敵戦列へ降り注ぐ。

『つっっ！？！！！！』

更に敵騎士の真下から、土属性初級魔法『土神沼』、水属性初級魔法『水神棘』を発動。沼に足を取られ、更に水の棘が行動を鈍らせ、加えて

「！　違う、単なる棘だけじゃないっ!!　毒、だっ!!」「か、身体が痺れ、る」

今だっ!!!

「ベルトラン！」「第二小隊、前へっ!!」

追随してくれている熟練騎士の名前を呼びつつ、僕は長杖に氷刃を形成し疾走。

既に底が見え始めている魔力を振り絞り『氷神鏡』を四枚だけ生み出し浮遊。暴発と魔法の範囲からわざと外し、孤立させた敵騎士の一団との間合いを詰め、長杖を三閃。

「がっ！」「ぐはっ！」「は、速い……」

最前列三人の敵騎士を槍杖と盾ごと両断。腕を負傷させる。腐れ縁に散々仕込まれた、剣技の応用だ。

身を翻し、反応が鈍い左右の騎士達へ『光神矢』を発動。鎧の隙間を狙い撃つ。

『！？！！』

全魔法中最速を誇る光属性の攻撃魔法を零距離で避けるのは困難。ましてや混乱しているのならば猶更。数人の騎士達が反応出来ず、負傷。顔が歪み、膝をつく。

「貴様っ!!!」

未だ無傷の騎士の一人が槍杖を僕へ突き出し――ベルトランの剣で断ち切られ、次いで盾ごと蹴り飛ばされる。

更にそこへ十三名の近衛騎士達が乱入。敵騎士達に後退を強いて、一帯を制圧する。

僕のやや前方に立ち盾役となったベルトランが号令。

「止めに拘るな！　負傷させよっ！　さすれば、その間にリチャードが道を切り開くっ！　ライアン、ケレリアン！　功名に走り、アレン様の足を引っ張るな!!」

『応っ!!!』「ベルトラン様!?」「不本意です」

本当に良い部隊だ。様付けは止めてほしいけど。斜め前方魔力の鼓動。

『氷神鏡』を動かし、雷属性中級魔法『雷神槍』を乱反射させ、無効化。

魔法を放ったサンドラと呼ばれた女魔法士が青褪めている。

「狙いは悪くないですが、甘過ぎますね。単なる前方かつ直線発動では、至極読み易い」

長杖を、クルリとこれ見よがしに回転させ、余裕がある振りをする。

朝からの連戦に次ぐ連戦。カレンと魔力を繋いだことが効いていて、本調子には程遠い。

ザニ伯爵が僕と視線を合わせる。

「……我等の奇襲を防いだ魔法生物の運用。魔法介入。サンドラの魔法を軽々と防ぎし氷鏡。卓越した魔法制御技術と接近戦の冴え。――お初にお目にかかる。『剣姫の頭脳』殿」

「僕のことを知っておいでとは、珍しい」

時間稼ぎも兼ねて老魔法士との会話に付き合う。後方に熱風を感じる。

リチャードも連戦続きで消耗している。真正面、しかも圧倒的に数的劣勢下で、迅速な突破は難しい。……あいつが早めに気付いてくれればいいのだけれど。

油断なく魔法を紡ぎながら、話を続ける。

「『剣姫』を知っている人は多いんですがね」

「この目で見るまでは半信半疑であったよ。だが、ギル様の話は真だったようだ。――分かっていよう？　その体調では吾輩達には勝てぬ。このまま戦い続ければ、死ぬるぞ？」

老魔法士が断言してくる。流石は歴戦の人物。僕の虚勢を見抜いている。

大学校の後輩であるギル・オルグレンも言っていたっけな。『ザウル爺は、親父やハーグ、ヘイデンより少し下の後輩らしいっす』。厄介だ。僕は額に手を置き、溜め息を零す。

「ええ、確かに。けれど、それに対しては、先の問いを繰り返す他はないんですよ、これが、この有様が、貴方の望んだ魔法の果てと？」

「…………つまらぬ話をし過ぎたようだ」

伯爵が帽子のつばをおろし槍杖を高く掲げた。低い声で命令。

「全力斉射用意。威力ではない。数を重視せよ。その者、恐るべき手練れなれど、所詮は疲弊した一人の魔法士。徹底的に数で押し、削りに削れ！」

『はっ！！！！！』

敵騎士達が槍杖を突き出し、無数の『雷神矢』を展開。

困った老魔法士様だ。的確な指示を出してくる。

ベルトランと近衛騎士達の顔が引き攣る。

「くっ！」『！』

ザニ伯爵の槍杖の穂先には噂に名高い、貫通力に特化した雷属性上級魔法『雷帝轟槍』が三発展開されつつある。しかも魔法式を暗号化。介入すれば、魔力消費はその分激しくなる練達の技術だ。

先に『雷神矢』の大量射。

そこに魔法介入を使えば上級魔法で狙い撃たれ、逆もまた然り。

……まったく。毎回、無理難題ばかりやって来る。神様は余程、僕が嫌いらしい。

苦笑し、長杖を握りしめ構える。紅と蒼のリボンが僕を励ますように煌めく。

後方のベルトラン達も防御魔法を準備中。老魔法士が目を細めた。

「……見事なり。いくぞ！」

「くっ！　お、俺がっ！！！！」「ライアンっ！、ダメっっ！！！！」

老魔法士が号令を発する直前、ライアンがいきなり駆けだした。全力で魔法障壁を展開している。次いで兜を飛ばし、美しい極々淡い赤髪を靡かせながら、エルフよりも短いものの長耳のケレリアンも飛び出し後を追う。

僕は瞬間、ベルトランへ目配せ、足に雷魔法と風魔法を回し閃駆。

老魔法士が号令を発した。

「放てっ！！！！！」

敵戦列が雷矢の斉射。『氷神鏡』を現状維持出来る全力、十三枚同時発動。弾き返しながら、追いついたライアンとケレリアンを「「っ！」」風魔法で後方へ吹き飛ばす。ベルトラン以下、古参近衛騎士達は土属性魔法の応用で塹壕を瞬間形成した。

更に僕の前方へ援護の石壁を数十枚作り出しつつ、塹壕へと退避する。

『氷神鏡』が耐え切れず次々と砕け、石壁も削られていくも、敵の射撃は継続。

強大な魔力反応。老魔法士が槍杖を振り下ろし、三発の『雷帝轟槍』を解き放つ。

「いくぞっ！　新時代の英雄殿っ!!!　我が全力、受け切ってみよっ！！！！」

「英雄じゃありません、よっ！！！！」

ここで避けると、ベルトラン達まで巻き込んでしまう。

――受け切るしかないっ！

長杖に『蒼剣』擬きと、未だ試製段階にすらない名も無き新魔法を静謐発動。

射線上にある魔法は最低限介入し消す。他、重傷、致命傷を負うもの以外は無視。

蒼光と共に長杖を振るい続け、凌ぎに凌ぐ。既に石壁は全損。『氷神鏡』も残りは僅か。

一発目の『雷帝轟槍』は長杖と最後の『氷神鏡』で射線をずらし、二発目は無理矢理介入し崩壊させる。三発目は――遅延発動か！　あいつが間に合わないとこれは当たるな。

「せぁっっっ！！！！！！！！！！！！！！！」

燃える住宅の屋根から、掛け声と共に長身の獣人が跳躍。足を真っ白に光らせ、僕に迫る上級魔法を思いっきり上空から蹴り飛ばした。住宅に着弾し衝撃と轟音を発生させる。

着地し勇壮に構える薄青道着を着た狐族の青年。獣耳と尻尾は緊張で逆立っている。

僕は全身に初級治癒魔法を発動させつつ、命の恩人に挨拶。

「やぁ、スイ。完璧な登場でしたね。もしかして、狙ってたんですか？」

「……アレン。お前、後で、絶対に、殴るからな……」

怒りながらも、僕を絶対に守らんとする態勢の青年――年上幼馴染のスイだ。

前方では敵戦列の魔法が沈黙している。

否。放とうとすると、自ら崩れていく魔法式に老魔法士が険しい顔になり、女性魔法士が叫ぶ。

「師父！　ま、魔法が使えませんっ！　妙な暗号式で魔法式を狂わされます」

「…………これは何としたことか」

――効いてくれたようだ。

僕の教え子である、ティナ・ハワード、ステラ・ハワード両公女殿下の御母様、ローザ・ハワード公爵夫人が遺された、恐るべき魔法士の日記帳。そこに使われていた暗号式の応用。

敵魔法式を勝手に暗号化し、発動不能にする代物だけれども未完成で暗号自体も簡易。老ザニ伯ならばすぐにでも解くだろう。これ以上の交戦は厳しい。

通信宝珠にリチャードから連絡が入る。

『アレン！　自警団の呼応だっ!!　此方は突破しつつある!!!　急いでくれっ！！！！』

僕は左手を軽く掲げる。既に塹壕から抜け出していたベルトラン達が駆け出していく。

老魔法士と視線を合わせる。

「今回はここまでです。スイ！」

「おう！」

挨拶をし、僕等も全速力で撤退を開始。後方から老魔法士の大声。

「『剣姫の頭脳』殿！　何故……何故、貴殿はここまで獣人族の為に戦われるのだっ！」

……さぁ、何ででしょうね？

強いて言うなら、父と母、妹の為。そして、イネという名前の幼子とした約束か。

あとは——幼い頃、罪もなく死んだ狐族の少女を思い出す。

イネとアトラを重ね合わせるのは偽善だな。

まぁ何より——

「友人と幼馴染兼弟子だけを死なせるのは、ね」

『？　アレン？』「？　何か言ったか？　アレン！」

復活した敵騎士からの魔法が降り注ぐ中、通信宝珠からはリチャード、スイは振り向きながら尋ねてきた。僕は頭を振る。

「——何でもありません。さぁ逃げますよっ‼」

第3章

新市街に取り残された住民達が退避したのは、自警団が倉庫兼緊急時の集合場所として使用している高台だった。

ここに至るまでには、東南北三つの坂を登る他はなく、西の坂は荒れ果て、植物まで茂っていて軍の行動には適さない。立て籠り易い地ではある。……包囲され易くあるけど。

どうにか僕とスイが南坂を登り終えた途端、高台を淡い光が覆っていく。周囲に目をやる。

複数本の樹木。枝の葉の一部は枯れているようだ。

「大樹の子を媒介にした戦術結界か。よく張れたな……。複数人、植物魔法の使い手がいないと、起動すらしないだろうに」

「前族長達がいたから、なっ！　アレン、てめぇ……あんな無茶をしやがっ……」

スイが僕を睨み、胸倉を掴み――次いで青褪め、あわあわし悲鳴をあげる。

「お、お前、こんな傷で戦ってたのかよっ⁉　ち、治癒魔法使える奴っ‼　い、急いで来てくれっ!!　椅子もだっ!!!　嗚呼……血が……血が……」

「……スイ、声が大きいですよ？　落ち着いて。君は自警団の分団長で――」

「黙ってろっ!!!」

さっき、僕を助けた勇姿は何処へやら、年上の弟弟子は激しく動揺している。

獣耳をぺったんこにしながら、自分の道着を破り傷口を一生懸命押さえつけてくれる。

血が滲んでいく。緊張が解け、身体中が激しく痛む。

慌てて自警団の腕章を左腕に巻き、軽鎧を着けた山羊族の少女が駆けてきた。ほぼ同時に近衛騎士の少女も到着。二人共、どう見てもまだ十代だ。

顔見知りの鼠族の男性自警団員が椅子を持って来てくれて、滂沱の涙を零す。

「……アレン、よく来てくれた！　これで、女と子供達を助けられるかもしれない」

周囲の自警団の人達も泣いている。ただし、御老人達の視線は総じて冷たい。

少女達が椅子に座った僕の傷を見て、顔を顰めた。

「酷い……」「こんなにたくさん傷が……」

すぐさま中級治癒魔法の柔らかい光が僕を包む。その間にスイへ尋ねる。

「状況を教えてください」

「………」

「スイ！　落ち着いて。どうして大樹へ退避しなかったんですか？」

「！　お、おうっ！」

呆然としていたスイがようやく我に返った。僕へ説明をしてくれる。

「……俺達も最初、大樹へ向かうつもりで動いてたんだ。そしたら、突然、大樹からの魔法通信で『東の連絡橋はもう落ちた。高台へ！』っていう連絡が来て……」

「誰からの指示ですか？」

「……分からねぇ」

「？　意味がよく分からないんですけど」

立ち上がろうとすると、少女達から叱責「「動かないでっ！」」。……厳しい子達だ。

スイの瞳を見つめていると、俯いた。

「……分からねぇんだ。族長達は全員大樹にいた。通信の符丁も族長以外には使えないものだった。前族長達も聞いてる。だから、信じちまった。……ロロの親父や、トマの兄貴、シマの姐御なら見抜いたんだろうが……俺なんかじゃ……」

「スイ」

痛む手を伸ばし、肩を震わせ慚愧の念に駆られている弟弟子の胸を拳で軽く打つ。

――昔、師父が体術の鍛錬で泣くスイにしてたっけ。『男は涙をグッと堪える生き物だ』。

懐かしい。

「泣かないでください。相変わらず泣き虫ですねぇ」

「う、うるせぇっ！」

青年は袖で涙を拭う。

治療が進み、周囲を見渡す余裕が出てきた。

退避した住民の過半は狐族。他は新市街に住む、鼬、山羊、牛族。鼠族の人は少なく、人族の姿はない。早くも治療を終えた赤髪近衛副長が、状況を口にする。

「アレン、住民の総人数は約三百名程だ。自警団員の人数は百名前後」

「…………百名？」

大樹を死守している豹族のロロさん率いる自警団本隊が約三百名足らず。自警団全体の人数は五百名。つまり、此処にいない人達は住民を守って……。

僕は激情を抑える。そうか。…………そうか。

心を落ち着かせ、質問を再開する。

「スイ。現状は分かっていますね？　僕等は孤立。そして、敵の中には聖霊騎士団がいる」

「……ああ。分かってる。このままじゃ全滅だ！　だから、俺は突破を具申した。けど」

「？　三連発の赤の信号弾を上げたのはスイじゃ？」

大樹から見た信号弾の意味は『罠あり。来るな。見捨てよ』。即ち、決別を告げるもの。

スイが吐き捨てる。

「最初にあれを上げたのは、前族長共だっ！　俺はお前の弟弟子なんだぞっ！　誰が諦めるものかよっ！　……さっきのは俺だが」

僕はリチャードと顔を見合わせる。……厄介そうだ。

治癒魔法の光が収まる。今度こそ立ち上がろうとし、

「アレン様までですっ！」「アレンさん、傷を確認しますっ！」

「いや、もう十分」「駄目です!!」

剣幕に負け、僕は両手を上げる。少女達は真剣な表情で僕の身体点検を開始した。

周囲の人々の顔に微かな笑み。そう言えば……黒髪美人なスイの奥さんになる女性が見当たらない。

「スイ、モミジさんは？　一緒じゃないんですか？？」

「…………大樹へ行くよう強く言って、別れた。会わなかったか？」

「収容されている人達だけで数千はいますし、僕もすぐにこっちへ来ましたから……」

微かな胸騒ぎ。こういう時、僕の嫌な予感は当たる。

少女達が直立不動で報告してくる。

「一通りは塞ぎました」「でも……本当なら即戦場を離脱すべき傷です」

「ありがとうございました。もう十分ですよ。名前を教えてもらってもいいですか？」

「！　ヴ、ヴァレリーです。今春、騎士学校を卒業。近衛騎士団に配属されました」

「シ、シズクです。アレンさんの活躍は、何時もスイ兄から聞いて」

「シズク、黙りやがれっ！　……近所の餓鬼だ。十六だが、腕はいい」

僕は頷き、スイの見解に同意。シズクが照れ顔を伏せる。

リチャードが口を挟んできた。

「ヴァレリーも十六歳だよ。近衛騎士としては最年少記録だね」

「それはまた凄いですね」

素直に賞賛する。騎士の少女は頬を染めた。

「――そこで、何をしている？」「スイ！　報告せよっ！」

冷たい問いかけ。

視線を向けると、そこにいたのは狐族の前族長と山羊族の前族長だった。

苦々しい表情で僕を見ている。スイが返答。

「ああ、爺さん達か。今、行こうと思っていたところだったんだ」

「お前は何故、自警団の半数を許可なく動かしたっ！」「勝手な行動をするなっ！」

「………………あぁ？」

弟弟子の目が細まり、尻尾が逆立つ。自警団員達も極寒の視線を前族長達へ叩きつける。

スイが喧嘩腰に問う。

「……爺さん達よぉ、つまり何か？　あんたらは俺達を助けに来てくれた、アレンと近衛の騎士様達が罠に嵌るのをただただ、眺めていれば良かった、とでも言いたいのか？？」

「……ふんっ。……人族の救援なぞっ！」「我等の意思は族長達へ信号弾で伝わっていて」

「あー……ちょっといいですかね？」

リチャードが微笑を浮かべて、言葉を遮る。前族長達の顔が強張った。

「な、何だ」「は、話すことなぞないぞ！」

「僕が話したいんですよ。名乗りましょう。近衛騎士団副長リチャード・リンスターだ」

「!!」

二人の老人は激しく動揺。社会的地位からすると、リチャードは『殿下』の尊称を受ける身。対して、獣人族の族長は男爵位と同等。遥か上に仰ぎ見る存在なのだ。

赤髪近衛副長は、老人達の肩を抱く。

「さ、行きましょうか。スイ君、案内しておくれよ。アレンは休憩だ」

「おうっ」

二人が前族長を連れて、建物へ向けて歩いて行く。

……さて、この間に。僕は周囲の人々にお願いする。

「すいません。人を捜しているんです。狐族の小さな女の子はいませんか？　妹さんの名前は『イネ』と言います」

＊

椅子に座りながら、地図にペンを走らせる。

……やはり、撤退自体は出来なくない。ただ。

小鳥を大樹にいる、獺族前族長デグさんと副族長のダグさんへ向け放つ。

あの二人が『やろう』と言ってくれない限り……画餅だ。

大樹を出る前に、デグさんとは話をしておいたから――

「アレン様」

髭面の熟練騎士ベルトランが、二人の若い騎士を連れてやって来た。

ライアンとケレリアンだ。見るからに緊張している。

「ベルトラン、どうかしましたか？」

「この二人が話したいことがあるようです」

　すると、若い二人は突然、跪いた。

「『先程は足を引っ張ってしまい、大変、大変申し訳ありませんでしたっ!!』」

　僕は困ってしまい、ベルトランへ視線を送る。『……何とかしてください』

苦笑し、熟練騎士は離れて行き指示を飛ばす。「装具を確認し、休んでおけ！　すぐにまた死んだ方がマシな戦場だぞ!!　総指揮官殿の怖さは身に染みただろう？」酷いなぁ。

　跪いたままの二人を窘める。

「止めてください。反省はされましたか？」

「…………はい。功名に走ってしまいました」「…………軽率な行動でした」

「なら——良しです」

「……え？」「……そんな」

　ライアンとケレリアンが顔を上げ、唖然。僕は肩を竦める。

「経験上、自分で反省している人間を叱っても意味は殆どありません。今回は僕とスイが助ける番だっただけです。まぁでも」

　お揃いの指輪を右手薬指につけている二人へ、意地悪な笑みを向ける。

「お互いのことが大事で仕方ないならば、もう少し話し合った方が良いかもですね」

「「っ⁉」」

ライアンとケレリアンが硬直。真っ赤に。

聞き耳を立てていた近衛騎士達から文句が飛んでくる。

「アレン様！　気付くのが早いですって‼」「モテるライアン、死すべしっ‼」「でも、アレン様もそっち側の人間なんじゃ？」「あの御方、御姫様やら御嬢様やらばかりを」「確かに……ヴァレリーも半分落とされて」「な、何を言ってるんですかっ⁉」

近衛騎士団は楽しい職場なようだ。二人の肩を叩く。

「命は軽々に懸けないでくださいね。――最後の最後まで足掻きましょう」

「「はっ‼」」

「アレンさん！　見つかりました！」

先程、治療してくれたシズクがやって来た。尻尾ふりふり、こうして見ると幼い。

その後ろには、手を繋いでいる狐族の幼女と少女。小麦髪の幼女は四、五歳。灰色髪の少女の年齢は精々十歳だろう。二人の顔は似ていない。

幼女は僕の顔をまじまじと見て、瞳を大きくした。

「あ、昨日、魔法を見せてくれたおにいちゃん！」

「そうだよ。良かった。無事だったんだね」

傍に来た幼女の頭を優しく撫でる。腕や足に軽い傷。胸が詰まる。

膝を曲げ、地面につけて名前を聞く。

「イネに頼まれて、迎えに来たよ。御名前を教えてくれるかな？」

「いい名前だね。――君は？」

「私は……この子がはぐれてたから……」

「そっか。有難う。本当に有難う」

僕は少女へ頭を深々と下げる。

少女は黒い綺麗な瞳を大きくし、身体を震わした。

「？　どうかしたかな？？」

「貴方を――……貴方のことを私は知っています」

「僕を？？」

チホが手を伸ばしてきたので、抱きしめてやる。

少女は真っすぐな視線をぶつけてきた。この子、瞳の色が左右異なる。左は黒。右は灰。

「獣人の身で王立学校に次席入学し、一年で次席卒業。大学校へ入学。その間、『剣姫』リディヤ・リンスター公女殿下と共に、数えきれない武勲を挙げられた」

「随分と難しい言葉を知ってますね」

「……ずっと、憧れていましたから」

「……へっ？」

呆けてしまう。そんなことを言う子がティナ、エリー、ステラ以外にいてくれるとは。

「はい！　私も憧れてますっ!!　尊敬して、むぎゅ」「静かにしてなさーい？」

シズクが鼬族の女性団員さんに口を押さえられた。

チホの頭を撫でながら、聞いてみる。

「『剣姫』じゃなく、僕にですか？」

「はい、貴方にです。私は……私は孤児なんです。だから、少し前までは何にもなれないんじゃないか？　って思ってました。でも、今は違います。アレンさんが頑張ってるのを孤児院の園長先生が何時も話してくれて、思ったんです。『私も頑張れば、魔法士さんになれるんじゃないか？』って」

大人びた表情に強い意志。僕は微笑むしかない。

「こういう時、何て言えばいいのか……でも、嬉しいです、ありがとう。そんな君に心ばかりの御礼をしましょう。手を開けてくれますか？　チホも見ててね？」

「は、はい。——わぁぁぁぁ」「きれいー」

少女の土と血で汚れた手を水魔法で洗い、その上に小さな小さな全八属性の魔法球を生み出す。それらを高速で動かし、更に少しだけ大きな球へ——小型の天球を構築。

少女へ語りかける。

「もし、君が魔法士になりたいのなら、一番簡単な魔法の練習を毎日毎日し続けてみてください。そうすれば、何れこういうことも出来るようになります」

「毎日、ですか？」

「一日では無理でしょう。一週間でほんの少しだけ上達します。それを、一ヶ月、三ヶ月、半年……一年以上、続けてみてください。そうすれば、君は魔法士の卵になっていますよ」

「——……はい。はいっ！　えっと……あの……もし、もしも、私が王立学校に行けたら」

「アレン様！」

ベルトランが僕を呼んだ。休憩は終わりのようだ。僕はチホを降ろし、少女に託す。

「御仕事の時間みたいです。この子をよろしくお願いします」

「……はい！」「おにいちゃん？」

「大丈夫だよ。大丈夫」

少女と幼女の頭を、ぽん、とし歩き出す。

歴戦の騎士と並び、静かに問う。

「……偽善、だとお思いですか？」

「いいえ」

ベルトランは即答。髭を撫でながら僕を励ましてくれる。

「あの子等は、これから貴方様の言葉と思い出を支えにして、歩んでいくでしょう。そして、その経験を持つ人間は立ち上がれる。私はそう信じています」

「……ありがとうございます。行きましょうか。リチャード達のところですよね？」

謝意を示しつつ、ふと、大学校の後輩が昔していた話を思い出す。

『チビだった頃、聖霊騎士団領へ親父に連れられて行ったことがあるんすよ。……そこで、俺は自分の金で、二人の黒髪の少女を奴隷から解放したんす。後から親父には『偽善』だと殴られました。他の奴隷はどうするのか、って。でも……理由なんてなかったんすよ。何となくで、俺はその二人の軛を解いたんす。その二人とは、それきりなんすけどね』

ギル、今なら君の気持がよく分かるよ。

理由なんてない。ただ、そうしたいからそうした。

僕はアトラが、僕の幼馴染が死んだ時、何も出来なかった。後悔はすまい。

歴戦の騎士に乞う。

「ベルトラン、一つ酷なお願いを聞いてくれますか？」

＊

高台奥にある自警団の倉庫。その中から、激しい怒号が聞こえて来る。

「てめえらっっ！！！！　アレンを、俺の兄弟子を、侮辱しやがるのかっ！！！！」

スイが激怒している。僕はいつの間にか増えたベルトラン以下の近衛騎士達と自警団員達へ目配せし、一人で中へ。

「スイ、声が大きいですよ。外にまで聞こえていますす」

「！　アレン……」

倉庫内にいたのは、合計六名の男達だった。地図の置かれた机を囲むように椅子が配置されている。

狐、鼬、山羊、牛の前族長。鼠族の前族長はいない。そして、腕組みをして黙っているリチャードと、猛り切っているスイ。前族長達が怒号を発してくる。

「貴様！　誰の許可で、此処に入って来たっ！」「我等は現在、重要な会議中なのだっ！」

「人族、しかも何の官位も持たぬ者は来るなっ！」「出て行けっ！」

「…………どうやら、一度、死んでみねぇと分からねぇみてえだなぁ？」

スイが四肢に魔力を込めて、殺意を前族長へぶつける。僕は苦笑する他ない。

王都で蔑まれ、故郷でも排他されるとは……沈黙していたリチャードが口を開く。

「なぁ、アレン」

「何です？」

「この人達は、本当に『獣人』なのかい？　大樹にいた族長達もそうだけど」

「なっ⁉」「リンスター公子殿下といえど」「口が過ぎましょう！」「我等は獣人である！」

「ならば！　…………ならば」

赤髪近衛副長が心底疑問の表情を浮かべ、淡々と尋ねる。

「……貴方達は僕がかつて夜話に聞いた『何者にも屈せず、名誉を尊び、家族を、子を必ず守る』という獣人ではない。アレンが今日一日だけで、どれ程の人々の命を救ったと？それは貴方がたの妻であり、子であり、孫だったのかもしれない。それを想像すら出来ない、と？？　獣人族の長達は揃いも揃って馬鹿ばかりなのか？？？」

「「「っ！！！！」」」

リチャードの痛罵に前族長達が身体を硬直させ、スイも「……おっかねぇ」と呟く。

「我が家、リンスターはかつての魔王戦争において、北のハワード、そして、大英雄『流星』率いる獣人旅団と共に戦場を駆けた。故に――『流星』と獣人達が如何に勇戦奮闘したかを伝承している。他家よりも獣人については知っているつもりだ。にも拘らず——貴方がたは獣人族内で育ち、必死に皆を守ろうとしているアレンを排他しようとする」

赤髪近衛副長がゆっくりと立ちあがり、拳を思いっきり机に叩きつけた。

——瞳には憤怒の炎がちらついている。

「過去に何があったかは知らない。人族に対する不信を強める事件でもあったのだろう。しかし……アレンはその件と関係ないだろうが？　自分達は何もせず、血を流したアレンを侮蔑するとはどういう了見をしているんだ？？」

「「「…………」」」

前族長達は顔面を真っ白にし、視線を逸らす。

この人達も分かっているのだ。

単に『自分達は不満の捌け口が欲しかっただけ』なんだと。

リチャードが、剣の柄に手をかけ獅子吼する。

「アレンは僕、リチャード・リンスターの友であり、恩人だっ！！！！！　その彼への侮蔑は僕に対する侮蔑と同義っ！　今、この場で貴方がたを叩き斬る理由には十分過ぎるっ」

「——……リチャード、そのへんで。有難うございます」

僕は窘め、謝意を示す。前族長達へ問う。

「『決別』の信号弾を撃ったのは貴方がたの指示とスイから聞きました。何故です？」「……獣人族の名誉の為だ。誤情報で撤退先を誤ったのは痛恨」「女、子供を連れて大樹までの撤退は困難極まる。救援も望めぬと思った」「……ならば、せめて先祖に恥じぬよう、と……」「大樹の子の結界は無敵だ。成算はあった」

　ようやく、前族長達が素直に語り始めた。僕は冷徹に通告する。

「残念ながら……この世に『絶対』とか『無敵』なんて存在はないんですよ。結界は今日中に間違いなく破られます。既に、大樹の子達は疲弊しつつある」

　僕は懐から、枯れ葉を取り出し机の上に置いた。魔力は完全に枯渇している。

　前族長達の顔が強張った。

「我等は……我等はこの地で、大樹の地で、名誉を汚すわけにはいかぬのだっ！　撤退戦で無惨に散るよりは、華々しい死を――」

「獣人族の名誉は確かに大事でしょう。なれど」

　狐族前族長の演説を僕は遮る。そして――老人達を言葉で思いっきり殴りつけた。

「その為に幼子達の未来を摘むことには全く賛同出来ません。未来ある幼子を『名誉』の一言で殺すのは恥です。何十年、何百年経っても語られ続ける最悪の。……恥を忘れたら、それは僕が知る獣人族ではありませんよ」

「「「…………」」」

　前族長達が完全沈黙。頃合いだろう。僕は考案しておいた撤退案を披露した。

　──説明が終わると、前族長達は今までで一番激しく狼狽した。

「そ、そのようなことが……」「到底、出来るとは思えん」「出来ても、大樹の子が……」

「獺族達や水運を司る一族の協力が必須になる」

「事ここに至っては、出来る、出来ないじゃありません。やるんです。既に前獺族族長のデグさんと同前副族長ダグさんからは先程、快諾を得ました。他一族もゴンドラと船を掻き集めてくれるそうです」

「「「…………」」」

　鼬、山羊、牛族の前族長は顔を見合わせ、青褪めながらも頷いた。

　机を叩き、椅子を蹴飛ばしながら狐族の前族長が反論してくる。

「こんな案、いったい、誰が殿を務めると言うのだっ⁉　まず、死ぬではないかっ‼」

　ああ、なんだそんなことか。くすり、と笑ってしまう。

　短く返答する。

「勿論──僕がやります」

前族長達を説得し終えた僕は、南の高台から敵軍を眺めていた。無数の軍旗がはためいている。東、北にも多数の敵影あり。

最も恐るべき聖霊騎士団は東方。未だ動く気配はなく、不気味に沈黙している。

戦力比は考えるだけ無駄。まともにやり合えば……全滅は避けられない。近衛騎士達でも、数の暴力には勝てないのだ。

前族長達には啖呵を切ったものの、ぶっつけ本番の試み。

僕が失敗すれば、多くの女性、老人、何より子供達が死ぬ。重圧で心臓が縮む。深く息を吸い、大樹の子の幹に触れる。

……心が定まっていき、落ち着く。大丈夫。やれる。

「いやぁ～中々、良い眺めだね。壮観、壮観」

僕は振り向き顔を顰める。

そこには赤髪近衛副長。ベルトラン以下第二小隊の面々がいた。

「……リチャード、最前衛を、とお願いした筈ですが？　それに部隊の人達まで」

「西に敵影はないし、スイ君もいるさ。現実問題、殿が魔力切れに近い君一人じゃ力不足だ。いや～近衛だけでなく自警団全員が志願して大変だったよ。…………なぁ、アレン」

リチャードは何でもないような口調で死戦場に留まった理由を述べた後、ガラリ、と口調を変えた。鼻を掻き、少しだけ言い辛そうにしながらも、口を開く。

「こんな場でなんだけど……君、リンスターに来ないか？　出来ればリディヤの婿として。それが嫌なら分家を作る手だってある。皆は君が一族となるのを心から喜ぶと思う」

「!?　リチャード、何を言って」

リチャードが僕の肩に右手を置く。真剣な眼差し。

「君は上へ昇らないといけない男だ。今はまだいい。御嬢様達の家庭教師でも。だけど」

ふっ、と相好を崩し、左手を微かに動かし『周囲を見ろ』という合図に僕は従う。

ライアンとケレリアン、そして他の若い近衛騎士達。見知らぬ多くの自警団員、更には子供達が僕を見ていた。リチャードが片目を瞑る。

「君は人々の『希望』なんだよ、アレン。自警団やうちの若い連中達、それに何より子供達は誰しもが君に憧れ、そして信じている。……君は人々の光になれる人間だ」

「いや、それは……」

リチャードの思わぬ評価に、言葉を喪う。

どうにか笑みを浮かべ、返答する。

「……柄じゃありません。僕はリディヤやティナ達の世話で精一杯ですよ」

小鳥が飛んできた。リチャードに告げる。

「時間のようです」

「覚えておいてくれ。リチャード・リンスターは君に恩がある。妹を救ってもらった、という大恩が。それを返す為なら大概のことはするよ。ああ、母上や御祖母様、アンナに挑戦する、とかは止めてほしいけどね」

「それは、僕も御免被りたいですね」

二人して、笑い合い――僕は長杖の石突で地面を打つ。

光が走り、大樹の子達と魔力を繋げる。

リチャードが大号令をかける。

「始めるぞっ！　近衛騎士団、準備はいいかっ‼」

『応っ！！！！！！！』

「いきますっ！！！！！」

僕は結界に介入、結合。膨大な魔力に指向性を持たせ、集束。上空から四方へ解き放つ！

凄まじい激痛に耐えながら、光を操作し出来る限り多くの敵部隊を、小鳥による弾着観測をしつつ射撃し続ける。更に西方の坂の樹木や廃墟を薙ぎ払い、道を切り開く。

閃光、次いで轟音。突風。急速に木々が枯れて行く。スイが信号弾を上空へ放った。

——青、青、青。

『我、作戦行動を開始せり』の合図。大樹からも間違いなく見えるだろう。

僕は枯れた大樹の子の幹に手を置き、詫びる。……ごめんよ。

半瞬だけ瞑目し、叫ぶ。

「スイ！」

「行くぞっ、お前等っ‼　獣人族自警団の誇りに懸けて、一人の犠牲も出すなっ!!!」

『了解っ！！！！！！』

自警団員が唱和。住民達を中央に置き、スイを先頭に楔形陣形を形成し、出来うる限りの速度で新たに形成された、西側の坂を下っていく。

リチャードが剣を抜き放ち、大混乱に陥りながらも態勢を立て直し進軍しようとしている敵軍を見やる。

「さて、頑張ろうか。これが終わったら、美味しいワインくらいは飲みたいもんだねっ！」

「アレン商会会頭として、特級品を探しておきますよ」

僕達は長杖と剣を構える。近衛騎士達も戦闘態勢。連戦に次ぐ連戦で限界は近い。

けれど——それでも！

目の前の南坂を早くも前進して来る敵戦列へ向けて、僕とリチャードは不敵に言い放つ。

「特級品のワイン分は、働くとしようっ！」

「今日何度目かの、武勲の稼ぎ時ですっ！」

＊

「ゆっくり急げ！　慌てるんじゃねぇぞ！　まずは子供。次に女。最後に老人共だ」

『あいよっ！！！』


殿の僕達が先に突破した一団に追いつくと、既に大樹への退避行動が始まっていた。

此処は東都新市街の外れ。地下水路前に魔法で構築された臨時船着き場。

眼下で多数の大型、中型ゴンドラが住民を満載、漕ぎ出し地下水路へ消えていく。

大樹の地下水路を把握しているのは獣人族だけ。逃げ込めば追撃はないだろう。

各獣人の船員達に指示を出している、白髪の老獺が通りの僕達を見上げた。

「アレン!!!」

「ダグさん、お疲れ様です。……貴方まで来られたんですか？」

そこにいたのは前獺族副族長のダグさんだった。呵々大笑。

「かっかっかっ。当たり前だろうがっ！　……デグは他の前族長達と一緒に、馬鹿な族長達とやりあってる。『古き誓約』を持ち出しての交渉ってのはなくなったが、次は大樹の結界を張るか張らないかでもめていやがる」

『古き誓約』とは魔王戦争の結果、獣人族がオルグレン、西方のルブフェーラ両公爵家と結んだ、特別な約束のことだ。……オルグレンは破棄したようだけれども。

「……全員を避難させるのはどれくらいかかりそうですか？」

「出来る限りは急がせる。だが」

ダグさんが手で指し示す。船着き場の前や階段、通り上にも人々が待っている。

僕は頷く。

「分かりました。お願いします」

「おうよっ！　任せておけっ!!」

ダグさんが頼もしい返答をくれる。踵を返す。

即座にヴァレリーとシズクが駆け寄って来た。

「アレン様！　早く治療を!!」「椅子を持って来てください！　急いでっ!!」

「いえ、僕は陣地構築を」「駄目ですっ！」

即否定。近くの民家から持ち出された木製の椅子に座らされ、治療が開始される。

――控え目に言って、僕は既にボロボロだ。

魔力の底はもう見えた。致命傷こそないものの無数の傷を負い、激戦に次ぐ激戦で、魔法制御の質も劣化。魔法生物も最小数を残し維持不能。詳しい偵察はもう出来ない。

　ヴァレリーとシズクが泣きそうな表情で訴えてくる。

「……治癒担当騎士として具申致します。これ以上の戦闘はお止めください！」

「アレンさん、もう十分。もう十分です！　後は私達が頑張ります。だから！」

「有難うございます。でも、あと少しですから、頑張らせてください」

「「…………」」

　涙目の少女達は黙り込み、治癒の光が強くなる。僕は女の子の扱いが下手だな。

　順番を待っている人の列に狐族の少女と幼女を見つけた。良かった。無事なようだ。

　幼女と視線が交錯。

　ぱぁぁぁ、と明るい表情になり、一生懸命駆けて来て抱き着いてきた。

「おにいちゃん！」

「おっと。やぁ、チホ。元気かな？」

「うん！　…………おにいちゃん、おけがしたの？　いたいの？？」

　一転、大粒の涙を瞳に浮かべる。僕は頭を優しく撫で、微笑む。

「大丈夫だよ。今、お姉ちゃん達が治してくれてるからね」

「……ほんとう？」

「本当だよ。さ、お船に乗らないとね」

地面に降ろすと幼女は俯いた。少女も近づいて来たけれど、泣きそう。

チホが小さな声で尋ねてきた。

「おにいちゃんはのらないの……？」

「僕は最後に乗るよ。大丈夫。心配しないでいいからね。えっと……」

視線を少女へ向けると、名乗る。

「ロッタです」

「ロッタ、チホを頼みます。この子のお母さんと妹さんは大樹にいました。捜してあげてください。自警団の人に『アレンからの頼み』と言えば、分かりますから」

「はい！……………はい」

少女が涙を零す。治癒魔法をかけ通しのヴァレリーとシズクも嗚咽を堪えている。

僕は立ち上がり、膝をつきロッタの頭に手を置く。

「泣かないでください。君が王立学校に入学するのを楽しみにしています。何時か、王都で会いましょう」

「………はい。いつか、いつか王都で！」

「さ、行ってください。チホ、今度会ったら、また面白い魔法を見せてあげるからね？」

「……うん」

ロッタがチホの小さな手を引き、列へ戻る。近くにいた鼬族の夫婦が拳を胸に置き、大きく頷いてくれた。『任せろ』と。

治癒魔法の光が収まった。僕は二人へ礼を言う。

「ありがとうございます。では——御二人もゴンドラに乗ってください」

「！　お断りします!!」「最後まで残りますっ!!」

「駄目です。リチャード、十代の騎士は他にいますか？」

間髪容れずに答えが返ってくる。

「その子だけだよ。——ヴァレリー・ロックハート。君は一足早く大樹へ撤収せよ。これは近衛騎士団副長としての正式命令だ」

「!?　副長！」

「スイ、そっちの最年少は？」

自警団分団長が即答。

「シズクだ。ぐだぐだ言うな！　とっとと行け!!」

「スイ兄っ！」

僕は膝を少し曲げ、少女達と視線を合わせた。そして、二人の才媛へ告げる。

「退いても過酷な戦場が待っています。僕等も必ず後から。約束します」

「「…………」」

二人は涙を浮かべながらも静かに頷いてくれた。素直に列へと向かう。いい子達だ。

そのままリチャード達の傍へ。赤髪近衛副長と弟子がこれみよがしに肩を竦める。

「はぁ……アレン……」「こいつは昔からそうだ。度し難ぇ」

「……二人共……」

「いや、何。僕も心得ている。リディヤ達に話はしないさ、多分、きっと、おそらくは」

「俺もカレンの嬢ちゃんに話さねぇよ。でも、俺の口は勝手に回っちまう時があらーな」

「なら僕は……サーシャ嬢とモミジさんに、君達の夜遊び歴一覧を匿名の手紙で送るよ」

「ハハハ。アレン、僕はばらさないよ。けど、スイ君は分からないようだね？」

「うなっ⁉　副長さん、ここで裏切るのかよっ⁉」

近衛騎士達と自警団員が笑う。いい指揮官達だ。

──最後の小鳥が舞い降り消えた。敵が来る。

「リチャード、スイ」

「了解だ。近衛騎士団！！！！！」

『我等、護国の剣なり！　我等、護国の盾なり!!　我等、弱きを守る騎士たらんっ!!!』

大唱和。一斉に戦闘準備に取り掛かった。

スイが自警団に気合を入れる。

「いいかっ！　何が何でも、守り抜くぞっ!!」

『応さっ！！！！！』

自警団員達も決死の表情で配置につく。

リチャードとスイも前線へ。代わってベルトランがやって来た。小さく報告。

「――アレン様。伝達完了しています。皆、喜んでおりました」

僕は微かに頷く。

「………有難うございます。お詫びは煉獄で」

「不要に。我等とて騎士なのです」

大軍の行軍音が聞こえて来る。僕は熟練騎士と連れだって歩き出す。

まだ――まだ、粘らないといけないのだ。

最後のゴンドラが出るまでは、此処を死守しなければ。

通りに現れた部隊の軍旗は意外なものだった。

僕は半ば呆れる。

「……オルグレン公爵家、その本隊がここで出てきますか。しかも、あの軍旗……敵総大将様のご登場では？　リチャード、貴方、何をしたんですか？」

「アレン、僕じゃないだろう。君じゃないかな？」

「僕はオルグレンの公子殿下に恨まれる覚えがありません。僕を暗がりで刺す可能性があるのは教授、ロッド卿、大学校の後輩達だけ……あれ？　案外多いかも？」

「……普通、教授と学校長を敵に回して、平然としてはいられないと思うよ？　しかも、君の後輩達だって大概だと聞いている」

僕は肩を竦め、前方の戦列を見やる。

最前列にいるのは、濃い紫色の軍服姿にマントを羽織っている堂々とした身体の男性。薄い金髪で前髪の一部が薄紫。手には漆黒の斧槍。腰には華麗な装飾が施された騎士剣。

――叛乱軍総大将グラント・オルグレン。

額に青筋を浮かばせ、怒号を放ってきた。

「小賢しいリンスターの公子と獣擬きめっ！　妖しげな魔法を用いるとは恥を知れっ‼」

「妖しげな？」「魔法？」

僕とリチャードは顔を見合わせる。近くにいるスイが「……獣擬きだと？　誰がだ？？　アレンか？？　………………へぇ」本気で怒っている。

その態度が更に怒りを呼び込んだのか、グラントが斧槍の石突を地面に打ち付けた。

内包する魔力は凄まじい。魔王戦争前後に作られた業物だろう。

「先刻の我が軍に対する攻撃のことだっ!!　我が愚弟グレゴリーが探知していた!!!」

「……何を言うかと思えば」

リチャードが憤然とし、怜悧さを滲ませつつ反論を叩きつける。

「無差別に非戦闘員を攻撃した叛徒の言う台詞か、それが。対軍用長距離魔法すら想定せずに戦場へ立つな。平和ボケし過ぎだぞ、グラント・オルグレン。……四大公爵家でありながら、他国の軍を自国へ呼び込んだ阿呆につける薬はないな」

「なっ!?　貴様貴様貴様貴様！！！！！」

どうやら、先程の大樹の子を犠牲にした射撃は、それなりの戦果を挙げたようだ。

小鳥から観測した限り、死者は皆無、負傷者多数といったところだった。

グラントは漆黒の斧槍を引き抜き、構えた。青筋が更に増えた怒りの形相となる。

「……貴様等はこの私、グラント・オルグレン公爵自ら殺してやろう。手出しは無用!!!」

後方の騎士達に向けてグラントが怒鳴る。僕達は呆気に取られる。

「オルグレン」「公爵？」

僕とリチャードは再び顔を見合わせ――苦笑。グラントがますます怒り、斧槍を一閃。

「…………もう良い。死ねっ！！！！」

雷属性上級魔法『雷帝乱舞』が発動。多数の雷が僕達に迫り来る。

けれど――魔法式に介入、消失させる。素直な魔法式で身体に負担がなくていい。

グラントが驚愕し動きを止める。

「なっ⁉」

「仮にも同じ『公子殿下』と呼ばれた身として教えておこう。王国の『公爵』には武が――国を守れる程の武が必要だ。つまりだね。君程度の武じゃまるで足りないんだよっ！」

「くっ！　貴様っ‼」

間合いを詰めたリチャードの剣を、グラントが辛うじて斧槍で受ける。スイが追撃。

「誰が『獣擬き』だっ！！！！！」

「がっっっ！！！！！」

全力の回転蹴りが胴を打つ。グラントはたまらず後退。

回り込んでいた僕は長杖に雷刃を形成。十字切り。マントを切り裂くも、グラント本人は回避。体勢を立て直すも顔は青褪めている。僕は顎に手をやり考え込む。

上級魔法は使える。

けれど、魔法式の暗号は一般的なもの。自分で魔法式を弄ってもいないのだろう。リチャードにあっさりと接近を許し、スイの一撃を簡単に喰らう迂闊さ。雷刃を打ち消しもしない。

「貴方、かなり弱いですね？　リチャード？」

「ああ、弱いね。公爵家の人間としては落第もいいとこだ。スイ君、君の意見は？」

「さっきの魔法士の爺さんとは雲泥の差だな」

「なっ⁉　き、貴様等ぁぁぁぁぁ！！！！！」

グラントが愕然とし、顔を真っ赤にして激高した。

僕は指で漆黒の斧槍を指し示す。

「それはオルグレン公爵が代々継承していると聞く魔斧槍『深紫』とお見受けしますが……主として認めてもらっていないようですね？」

「無理矢理奪い取っただけなんだろう」「何だよ、似非公爵か」

「〰〰〰〰っっっっ！！！！！」

グラントは身体を屈辱で大きく震わせる。後列の騎士達も戸惑っているようだ。

——隙だらけ。

僕達は容赦なく駆けだす。自称公爵殿下は目を見開き、慌てて迎撃しようと腰の騎士剣も抜き放った。遅い。

「ここで！」「退場願うっ‼」「アレンは、獣擬きなんかじゃねぇんだよっ!!!」

三人同時多方位攻撃。グラントはまったく対応出来ていない。勝った。

「——させぬよ」

「「「⁉」」」

激しい金属音が鳴り響く。僕の長杖、リチャードの剣、スイの蹴りは、グラントを守る片刃の槍によって軽々と止められていた。

「むぅぅぅんんん！！！！」

「くっ！」「ちっ！」「うおっ！」

まとめて弾き飛ばされる。

そして——その男は戦場へ現れた。

＊

「グラント様、貴方様は全軍の総大将であられる。雑兵共に構わずお退きあれ。此処はこのヘイグが引き受けましょう」

「っ!!!　…………分かった。必ず討ち取れっ！　これは、オルグレン公爵としての命である！　貴様等、ぼけっとするなっ!!!　攻勢をかけよっ！！！！」

「……御意」

僕等の同時攻撃を苦も無く受け止め弾き飛ばした、白髪白髭の老騎士──オルグレンが誇る『双翼』の一翼。大騎士ヘイグ・ヘイデンは反論を許さぬ口調でグラントに勧告した。

それを聞いた敵総大将は依然として沈黙している『深紫』を握りしめ、憎悪の視線を僕達へ叩きつけながら、捨て台詞を残し後退していく。

本来ならば追撃したい。ここで、あの男を倒せば戦局自体に多少の影響は与え得るだろう。動き始めた敵軍も止めなければならない。

──が、出来ない。この場から動けない。老騎士から目を離せない。

この人、愚劣な公子よりも遥かに……強い。

ヘイグ・ヘイデンが目を細めた。

「若き魔法士殿。そして、リンスター公子殿下。激戦に次ぐ激戦をも乗り越え、ここまでやって来られたか。見事。真に御見事。なれど――ここまで！　私が来た以上、覚悟せよ！！！！！」

「「っ!!!」」

老騎士の身体から魔力が噴出。凄まじい威圧感。纏った風魔法が土煙を巻き起こす。

これが王国内で数名しかいない『大騎士』か。

長杖の紅と蒼のリボンに触れ、老騎士の視線を受け止める。

「で？　僕達を打ち倒した後は、その槍で無力な老人、女、子供を斬られると？」

「抵抗するのであればそれも止む無し。既に事は始まってしまった。ならば、我は――……我はオルグレンの臣としての務めを果たすのみ！」

老騎士が血を吐くような口調で言い捨てる。……『オルグレンの臣』か。

老公ギド・オルグレンは民想いの方だったと聞いている。獣人街にも度々、お忍びでやって来られるような方だった、と。その股肱の臣として知られるヘイグ・ヘイデンがこんな言葉を吐くとは。違和感。けれど、そちらにこれ以上、思考を回す余力もない。

リチャード、スイへ目配せ。

他の近衛騎士達と自警団員達は敵部隊と交戦を開始している。

僕等がこの老大騎士を止めるしか手がない。長杖を構える。

「では、貴方を打ち倒すしかありません、ねっ！」

ヘイデンの斜め上後方から『光神弾』を速射。リチャードも剣を斜めに切り下ろし、前方から十数発の『炎神槍』を斉射。

魔法発動と同時に僕達は駆け出す。槍の間合いを殺さなければ。

老騎士が槍を真横に片手で大きく薙いだ。

「むぅぅぅん!!!」

炎槍があっさりと掻き消える。僕の光弾は見向きすらされず、分厚い風障壁の前に消滅。

牽制にすらなっていない。

なら、魔法式へ介入して障壁を——これは、未知の暗号式⁉

老騎士が猛る。

「無駄だ！　ザウルから報告を受けている。常に魔法式を変えれば、早々介入は出来まい！」

リチャードが四連切り。至近距離では動かしにくい筈の槍でそれを完璧に受け切る。

その間にスイも魔力を込めた四肢で乱打。悉く魔法障壁を抜けない。二人は呻き。

「自信がなくなるねっ！」「障壁が分厚過ぎるだろうがっ⁉」

僕は長杖に炎を纏わせ、リディヤ直伝の高速突き。

けれど、老騎士はリチャードとスイをあしらいながら、目線すら向けず長杖を空いている左手で掴んだ。

「なっ！」「リンスター流剣術の応用か。容赦なく鎧隙間の急所を狙うは悪くない、が」

「ぐっ！」「あがっ‼」「っ！」

老騎士が全身から放った風刃で僕等は吹き飛ばされる。リチャードと僕は咄嗟の防御で軽傷。スイは……重傷！

幼馴染へ応急の治癒魔法を重ねがけしながら、僕は苦笑。

「はは……大騎士がこれ程とは。リチャード、何か隠し玉はないんですか？」

「残念ながらないね」

リチャードの笑みも引き攣っている。

――ヘイグ・ヘイデンは、僕等三人の攻撃を一歩も動くことなく凌ぎきっていた。

槍を片手に携え僕達をただ見つめている。追撃されていればスイは死んでいた。

弟弟子が、よろよろ、と立ち上がる。

「スイ」

「退かねぇ。分かってる。……俺はどう考えても格落ちだ。けど、けどな、アレン？　俺にだって意地があるんだよ！」

全身から血を流しながらも、スイは戦意を全く失っていない。困った弟子だ。

ヘイデンに並の攻撃魔法は効かない。魔法介入も封じられている。そして、接近戦の技量も凄まじく高い。

僕は魔力切れ間近。スイはボロボロ。リチャードも消耗している。

結論。今日、何度目になるか分からない無理をする他無し。

リチャードへ目配せ。片目を瞑り、赤髪近衛副長は剣を両手持ちにし、刃を背の方向へ。

リディヤがよくする構えだ。

「リンスターの剣技の真髄は一撃必殺。天下の大騎士殿に自らの技量を試すのも悪くない」

「俺も、出し惜しみはしねぇ！」

スイも片足を踏み出し、右手に全魔力を集束。

師父が得意とした、一点集中の正拳突きか。

僕は埃を払って立ち上がり、悠然と佇む老騎士へ謝意を示す。

「わざわざ待っていただき、有難うございます。――ですが、手加減はしません！」

「無論。我はそれを真正面から打ち砕くとしよう!!!」

裂帛の気合。その姿は護国の大騎士。……これ程の人が、どうしてこんな馬鹿な事を。

息を吸い――足に風と雷 魔法を回し、閃駆。間合いを一瞬で殺す。

長杖に炎、風と雷も纏わせ加速。リディヤに習った最速の八連突き。

「ほぉ。見事！ ――が!!」

ヘイデンは更に上。同じく八連突き。全て余裕で迎撃される。けれど、織り込み済みだ。

僕は魔法を静謐発動。振り下ろされる槍を辛うじて受け止めると、老騎士が咆哮。

「無駄だ！ その改竄式もザウルから聞いている!! 我には効か――ぬっ!?」

「どうですか、ねっ！」

ヘイデンの纏っていた風の魔法式が変異。急速に凍結し老騎士の身体にまとわりつき、拘束する。魔法封じが効かないならば、風属性を強制的に変えてやればいい。

この程度の拘束、すぐさま解かれるだろうけど――十分。

「スイっ！！！！」「おうよっ！！！！！！」

大騎士の槍を斬り払い、幼馴染の名前を叫ぶ。

弟弟子はすぐさま呼応。踏み込み、全力の正拳突き。

「喰らいやがれぇぇぇぇぇ！！！！！」

けれど、老騎士もさるもの。魔法障壁自体を放棄。身体強化魔法だけで身体の氷を砕き、左手でスイの全身全霊の拳を受け止める。籠手にひびが走り、出血。

「ぬぉぉぉぉぉ！！！！！！」

「！」

ヘイデンが魔力を活性化。衝撃で僕達は吹き飛ばされる。

――その隙を、リチャードは見逃さなかった。

「リチャード・リンスター、参るっ！！！！！！！！！」

赤光となり、次期リンスター公爵殿下が疾走。

初めて大騎士が槍を両手持ちに切り替えた。

剣が煌めき、槍と激突。炎羽と淡い風が見える程だ。

「くぅぅぅぅ！！！！！」「むぅぅぅ！！！！！」

情勢は互角。

ここで僕が支援をすれば――その時だった。

突如、大騎士の後方にグレゴリー・オルグレンと長杖を持った二人の灰色ローブが出現した。手には呪符。転移魔法!?

「「！」」「グレゴリー様!?」

虚をつかれた僕等と老騎士に対し、灰色ローブの男が長杖を真横に薙ぐ。

グレゴリーは笑みを浮かべたまま、命令を下した。

「アレン殿には当てぬように、レフ」「はい」

瞬間、前方空間から無数の黒色尖鎖が出現。闇属性上級魔法の四連発動!?

尖鎖の狙いは——リチャード。ヘイデンごと倒すつもりかっ!!

魔法介入は未知の暗号式と魔力不足で間に合わない。

逸早く大騎士が後方へと避退。完全に奇襲を受ける形となったリチャードは、それでも『炎神波』を多重発動。一発の射線を強引に曲げる。僕も魔力を汲み上げ『氷神氷柱』を尖鎖の真下から複数顕現させ、辛うじて一発分を逸らす。残りは二発。

もう一度、氷柱で——力が抜け、前屈みになってしまう。

「かふっ……」

「アレン!?」

スイの悲鳴を聞きながら、僕は口を押さえる……吐血。

酷使し続けた身体が遂に悲鳴をあげ、片膝が自然と地面につく。こんな時に……。

リチャードはそれでも剣を振るい、一発、二発と凌ぎきる。

——その後方から、小柄な女の灰色ローブが更に二発分の尖鎖を発動させた。上級魔法の高速発動!

赤髪近衛副長は諦めず剣で迎撃。その姿、正しく不屈。

一発を防ぎきり――

「つぐっ！　があぁぁぁぁぁぁぁぁ！！！！！！！！！！！！」

「リチャードっ！！！！！」

遂に被弾する。白の鎧が砕け鮮血が飛び散る。

リチャードは鎖に脇腹を抉られ苦鳴をあげつつも、片膝をついて剣を一閃。魔力を振り絞り業火の五重障壁を張り巡らし、追撃を遮断した。

――グレゴリーの気持ち悪い笑みと、屈辱に顔を歪めているヘイデンが見えた。

リチャードが剣を地面に突き、倒れこむ。僕は長杖を支えにし傍へ。

近衛騎士達も駆けより傷を確認。青褪めながら次々と治癒魔法を発動していく。

……傷が深過ぎる。それに今の炎壁で魔力がもう。

リチャードが無理に笑顔を作る。

「……油断、したよ。ここで不意打ちとは。まったく、僕は、甘いね」

「喋らないでください。後は」

「アレン、僕はまだやれるよ。……やれる。君だって似たようなもんだろう？」

リチャードの瞳が僕を貫く。考えを先読みされたか。肩を竦め、頷く。

「勿論です。ここまで来て足抜けなんて許されると思っていたんですか？」

「ありがとう。そう言ってもらえると、嬉しいね」

血塗れの公子殿下が微笑み、目を閉じた。僕は立ち上がり、前方を見やる。

炎の五重障壁で多少時間は稼げるだろうが、破られるのは必定。

覚悟を――決める。

ごめんなさい、父さん、母さん。僕は親不孝者です。カレン。怒らないでおくれ。

ごめんなさい、ティナ、エリー、リィネ。君達の行き先を見たかった。

ステラ、フェリシア。みんなをお願いしますね。……泣かないで下さい。

そして――……ごめん、リディヤ。……本当に、本当にごめん。

ふっ、と息を吐き、口元の血を拭う。警戒を怠っていないベルトランに目配せ。熟練騎士はほんのわずかに頷いてくれた。心苦しい。

僕は船着き場で作業を監督している老獺を呼ぶ。既に殆どのゴンドラは脱出している。

停泊中のゴンドラには魔力切れで戦闘不能に陥った近衛騎士達が乗船中だ。

「ダグさん」

「ほぼ終わったっ！　後は、お前等と五体満足な老人連中だけだっ!!　急げっ！！！」

「ありがとうございます。けれど――」

幼き日、大樹の図書館でこの口は悪いが心優しき老獺と出会い、光差す水路、ゴンドラに乗りながら、昔話を膝上で聞いた懐かしくも温かい日々を思い出す。

――この人もまた僕を愛してくれた。微笑む。

「僕と近衛騎士団の分のゴンドラは不要です。誰かが残り、敵軍を止める必要があります」

『！？！！！』「アレン!!!」

ゴンドラに乗っていた人々と船着き場で乗船を待つ前族長と老人達の顔が愕然。激戦で、服を血で赤く染めているスイが叫び、ダグさんも怒鳴ってくる。

「馬鹿野郎っ！！！！！　そんな……そんな馬鹿な話が通るかっ！！！！！　お前は……よりにもよって、俺に、この俺にっ！　お前を目の前で見捨てろって言うのか！！！！！」

「はい、見捨ててください。それが最善です。そうしなければ、皆、死にます。僕の最初で最後の我が儘です。聞いてください――ダグお爺ちゃん」

「！　ア、レンっ!!!」

「今まで有難うございました。急いでください。時間がありません」

深々と頭を下げ、前方へ向き直る。五重障壁の内、既に一つは破られた。

さて、と。

治療を受けているリチャードはまだ座ったまま。顔は出血で青くなり、目を瞑って荒く息をするばかりだ。僕は何気なく熟練騎士の傍へ。小声で呟く。

「ベルトラン」

「準備完了しております」

即座に答えが返って来た。

周囲の古参の近衛騎士達もそれぞれ頷いてくれる。

軽く頷き返し、瞑目。

……やっぱり、僕じゃ『流星』のように全員を助けることは出来なかったなぁ。

慨嘆しつつ、僕はリチャードへ近づく。

赤髪副長が目を開け、ふらふら、と立ち上がった。

「……そろそろ、準備が、必要かな？」

「そのようです。リチャード」

「何だい？　ああ、先陣は、譲ら、ないよ。僕は——僕は近衛騎士団副長リチャード・リンスターだ。戦場で、無様な姿を、敵には見せられない。『迷った際は、より過酷な選択をすべし』。困った家訓だ、とは思う、けどね。ん？　よく見ると、君もボロボロだね？」

重傷を負いながらも年上の友人は軽口を叩く。

……この人は絶対に、絶対に生き残らせないといけない。僕は同意する。

「そうですね。では」

「？　アレン？？」

途中で言葉を止めた僕をリチャードが訝しむ。

血塗れの鎧に手をやり、突き刺さっている剣の柄に触れ、

「――貴方には『大樹の死守』という、より過酷な選択をしてもらいます」

「っ！　ア、アレン！！？」

僕は風魔法でリチャードを眼下のゴンドラへ吹き飛ばした。

乗っていた近衛騎士達が慌てて受け止める。

ベルトランの大号令が響き渡った。

「先に通達した古参以外は各隊、撤収準備!!!　急げ!!!　時間がないぞっ!!!」

『応っ！！！！』『！？！！』

古参近衛騎士達が一斉に胸甲を叩き、大笑いしながら戦列を整え始めた。

対して聞いていない近衛騎士達と自警団員達は絶句し、直後、一様に憤怒の表情を浮かべ、僕とベルトランへ詰め寄ろうとする。

「アレン！！！！！！！！！！　ふざけるなっ！！！！！！！！！！　僕はまだ……まだっ、戦えるっ！！！！！！！！！！」

ゴンドラ上で近衛騎士達に押さえつけられている、リチャードが顔を真っ赤にして怒りの絶叫。僕は軽く手を振る。

「その傷でこれ以降の戦闘は無理です。退き時ですよ。皆さんも。みんな、ここで死んだら、リチャードが困るでしょう？　スイ！　これは兄弟子としての命令だ。退け！」

『っ!!!』「アレンっ!!!　それは……それは、ないだろう……!!」

「──兄弟子の務めってやつです。あんまり助けてはあげられませんでしたけど」

「そんなことっ！　そんなことはないっ!!　俺は、俺は、お前の背中を、ずっとっ!!」

二、三枚目の炎の障壁が一挙に消失。もう時間がない。

ベルトランが一喝。僕も叫ぶ。

「急げっ！　時を無駄にするなっ!!」「スイ！」

『……はっ！』「畜生っ！　畜生っ!!　畜生!!!　……急げっ！　撤退だっ!!」

若い近衛騎士達とスイ、そして自警団員達が歯を食い縛りながら、船着き場へ降り、ゴンドラへ乗り込んでいく。僕は視線を眼下へ。

動き始めたゴンドラ上で、依然として暴れている赤髪近衛副長を見やる。視線が交錯。

リチャード、貴方は僕に恩がある、と言っていましたね？

でも……そんなの僕だって同じなんですよ？

貴方は姓もなく、人なのか獣人なのかも分からない僕を『友』と呼んでくれた。

そのことが、どれだけ……どれだけ嬉しかったか。

だからこそ――

「貴方をこんな所で死なせるわけにはいかない。貴方はこの国の将来を担う人だ。――リチャード・リンスター公子殿下、どうか良き公爵殿下におなりください」

「アレン？　何を……何を言って、るんだ？」

リチャードが動きを止め、呆然とする。

僕は最後の願い――今は亡き親友にだけ話した夢の一つを口にする。

ゼル、僕の夢は、僕の手で叶えられそうにないよ。だから。

「そして、何時の日にか……この国を変えてください。子供達が、獣人だから、移民だから、姓無しだから、孤児だからと蔑まれ泣くことがない国をどうか……どうかっ。貴方になら託せます。リディヤとリィネには謝っておいてくださいね。カレンをよろしく。剣、お借りします」

「アレン！！！！！！！！！　お前達、離せっ！！！！！！！　離すんだっ！！！！！！　救うべきは僕じゃないっ！！！！！！　僕じゃないんだっ！！！！！！！　離せぇぇぇぇぇぇ！！！！！！！」

リチャードが激しく暴れるのを、近衛騎士達が泣きながら再び力ずくで押さえつけた。

ゴンドラが遠ざかり地下水路に消えていく。僕はダグさんとスイへ最後の挨拶をする。

「ダグさん、父と母をお願いします。スイ、泣かないでください。モミジさんを大事にね」

「……分かった。分かったっ。万事……万事、任せろ」「馬鹿、野郎っ。馬鹿、野郎っ！」

頷いてくれた老獺。ゴンドラ上でスイは大泣きしている。

僕は船着き場に背を向け、長杖を上げる。

残りの炎障壁が破られるのも時間の問題だろう。

既に最後の戦闘準備中の近衛騎士達へ深々と頭を下げる。

「ベルトラン、皆さん、大変申し訳ない。巻き込んでしまいました」

歴戦の騎士が胸甲を叩く。

「何の！　我等は所詮、騎士として半端者ばかり。それが、生涯最後の戦場で、貴方様のような英傑と肩を並べ戦えた。騎士としての誉、ここに極まれり！　我等は貴方様の御蔭で女子と幼子等を救うことが叶いました。ありがとうございました——敬礼！」

古参近衛騎士達が見事な敬礼を僕にくれた。

僕も応じる。ベルトランが名前を呼んだ。

「ああ、もう一つ残っておりました。ライアン、ケレリアン」

「「はっ！」」

ライアンとケレリアンが目の前で片膝をついた。僕は訳が分からず、反問する。

「ベルトラン、この二人も脱出をさせてください。死ぬには若過ぎる」

「アレン様。貴方様がこの中では一番若いのではありませんか？　残る、と言って聞かぬのです。此処は一つ、最後に説諭をお願い致します。総指揮官殿」

ベルトランの無茶振りを受け、決死の表情の二人の騎士に向き直り、尋ねる。

「——ライアン、ケレリアン、怖いですか？」

「「！　い、いえ!!」」

「はい、失格です」

僕はリチャードの剣を地面に突き刺し、左手を見せる。——震えている。

「「っ！」」

「みんな怖いんですよ。僕も、ベルトランも。諦めるつもりはありませんが、この戦場は死地。殿を引き受ければ……まず、死ぬでしょう。僕の隣に『剣姫』はいない。そうそう、奇跡は起きません」

「ならばっ！」「私達もっ！」

「残念ですが、こればかりは先約順。そして、此度の席は満席です。どうか、恐怖を感じつつもそれを笑い飛ばし、人々を、自らの大事な人を守る意志を持つ良き騎士におなりください。御二人ならば必ずなれると確信しています」

「「…………はい。はいっ！」」

炎障壁が揺らぎ、最後の一枚に。ベルトラン以下、古参近衛騎士達は戦列を組み始めた。

ふと、長杖のリボンが目に入った。ああ、そうか。これは返さないとな。

杖から取り──リボンに触れ魔法式を込める。どうか、あの子達を守っておくれ。

僕は涙を拭っている二人の騎士へ、それぞれ、紅と蒼のリボンを渡す。

「アレン様？」「これは？」

「御二人にも酷なお願いをします。このリボンをリディヤ・リンスター公女殿下とティナ・ハワード公女殿下へ返してください。そして」

騎士達へ、泣き虫な腐れ縁と頑張り屋な可愛い教え子への伝言を託す。

「――以上です。お願いしますね」

二人は大泣きしながら、何度も頷く。

「はっ！　……はっ!!　ライアン・ボル」「ケレリアン・ケイノス、必ず……必ずっ！」

――炎障壁が消失していく。熱風。僕はリチャードの剣を引き抜く。

「さ、行ってください。ダグさんっ!!」

「おうっ！　……おうっ!!」

振り向かず最後のゴンドラを操る老獺の名を呼び、僕は戦場へと歩き出す。

二人の騎士が駆け降りて行き――複数の人が階段を登って来る足音がした。

振り返り、絶句する。

「どうして……」

そこにいたのは、最後のゴンドラで脱出する筈の前族長達と老人達だった。全員、古い槍や剣、杖を携えている。

老人達が涙を流しながら、僕を囲む。

「馬鹿者っ！　……大馬鹿者っ!!　お前と騎士様達は、俺達の餓鬼共と嫁達を救ってくれた。せめて、せめて……楯くらいにはならねば、釣り合わぬだろう？」

「死ぬなら歳の順だ。……今まで、すまなかった。すまなかったっ……！」

「儂達は……かつて血河で『流星』を喪った悔恨を語り聞いてきた。にも拘らず……同じことを……新たな『流星』に、よりにもよって大樹の前で命を懸けさせてしまったっ」

「我等程度の血で、お前に今までしてきた過ちを雪げはしないことは分かっている。だがな……だがっ！　道を誤った我等とて獣人族なのだ。『子』を犠牲にして、老いた我等が生き残るなぞ……出来ぬっ。それだけは、それだけは出来ぬっ……」

狐族の前族長が涙を零しながら、僕の手を取った。

「私達はようやく、ようやく……最後の最後で何が大切なのかを思い出した。……父祖には怒鳴られるだろうが。アレン！　お前は、お前は私達の『子』であり――『家族』だ!!」

「っ!!!」

自然と頬を涙が伝っていく。

僕は神なんか信じていない。信じたところで、救ってはくれなかった。

けれど――……リディヤ、この世に『奇跡』はあるのかもしれないね。

袖で涙を拭い、長杖と剣を構え、背筋を伸ばす。

「ありがとうございます。では――お付き合い願います！」

『おうっ！！！！』

炎が――完全に消えた。

前方の戦列最後方には、激怒しているグラント・オルグレン。

険しい顔をした大騎士ヘイグ・ヘイデン。その隣には老ザニ伯。

リチャードを撃った得体の知れない二人の灰色ローブと聖霊騎士団。その最後方にはオルグレン公爵家三男、グレゴリー・オルグレンが演技じみた沈痛な表情を浮かべている。

――敵戦列の中から、一人の魔法士が出て来た。

やや長めで薄い金髪。前髪の一部は薄紫で整った顔立ちの長身。

手には斧槍を握りしめ、腰には短剣。表情は今にも泣き出しそうだ。

僕の大学校時代の後輩であり、オルグレン公爵家四男――……ギル・オルグレン。

戦列後方からは凄まじい絶叫。ギル付きの護衛兼男装メイドであるコノハさんが聖霊騎士に抑え込まれ、黒髪を振り乱し僕の後輩を止めようとしている。

「ギル様っ！！！！！！　いけませんっ！！！！！　それだけは……それだけはいけませんっ！！！！！　私と姉の命なぞ、捨ててくださいっ！！！！！」

「………………姉？」

視線を叫び声が聞こえた周辺へ向ける。

黒髪の女性が聖霊騎士に取り押さえられて、ぐったりとし、首には鎖の首輪がはめられている。モミジさんが捕まった⁉

――……ああ、なるほど。そういう……そういうことか。

モミジさんとコノハさんに既視感を覚えたのは間違っていなかったんだ。

そして、ギルが昔、話していた聖霊騎士団領で偽善を施し、奴隷の軛から解き放ったという黒髪の姉妹は……この世の中はなんて複雑怪奇なんだろう。

僕はやや離れて、立ち止まった悲痛な表情の後輩へ挨拶をする。

「やぁ、ギル。見舞いにも来ないなんて、随分と薄情者になったね」

「何で……何でっ……何でなんですかっ！　貴方一人なら、どうにでも、どうにでもなった筈ですっ！！！！　貴方は、貴方はどうして、どうしてそこまで……」

ギルは取り合ってくれず、泣きながら訴えて、斧槍を強く握りしめる。

僕は杖を回し、血で濡れた剣を構える。

「そんなに泣くなよ、ギル。君は正しい。一度自らが救った命を、二度目は自分の都合で救わないなんて間違っている。だから……泣くな、ギル・オルグレン。胸を張り、自身の決断を信じ、涙を拭って、僕の前に堂々と立て。名乗ろう」

背筋を伸ばし、晴れ晴れとした気持ちで名乗りをあげる。

「僕の名は狼族のアレン！　獣人族の大英雄『流星』の名を父と母からもらい、『剣姫』リディヤ・リンスターの相方にして、ティナ・ハワード、ステラ・ハワード、エリー・ウォーカー、リィネ・リンスターの家庭教師。名も無き僕へこの名をつけ、心から愛してくれた両親と愛しい妹、そして誰よりも気高く、強く、美しい『剣姫』の名誉と、優しき友の為、暫しお付き合い願う。――僕の全存在に懸けて、此処は決して通しやしないっ！」

グラントが怒号し、攻勢を命じた。

「皆殺しにせよっ！！！！！！」

ベルトランと近衛騎士達、獣人の老兵達が魔法を紡ぎ始める。

そんな喧騒の中、ギルはゆっくりと顔を上げ、右手に斧槍を構え、左手で腰の短剣を一気に引き抜いた。

光が溢れ、無数の輝く八角形の『盾』が形成されていく。

ジェラルドが持っていた大魔法『光盾』の残滓が込められし短剣か！

「せめて……せめてっ……せめてっ！　あんたは俺がっ――ギル・オルグレンが倒す!!!

『剣姫の頭脳』、オルグレンが武と魔法の粋、とくと見るがいいっ!!!」

「……来いっ！」

僕は長杖の穂先に炎刃を形成。走り出す。ベルトランと老兵達も最後の突撃を敢行。

――長杖とギル・オルグレンの斧槍が激突した。

＊

「――……以後の状況は通信宝珠の範囲外、魔法生物維持が不可能となり不明です。脱出した者への追撃は一切なく、副長リチャードも大樹へと撤退。その後、私とケレリアンは、退避していた『天鷹商会』のグリフォンを得て、報告の為、東都を脱出した次第です」

ライアンが長い話を終え、大会議室内に重い沈黙が満ちます。

一部からは激しい嗚咽。私も隣のマーヤに抱きつき、顔をメイド服に埋めます。

「兄様……兄様……マーヤ、兄様が、兄様がぁ………」

「リィネ御嬢様……」

涙が、涙が止まりません。そんな私を元メイドは優しく背中を撫でてくれます。

母様が天を仰がれました。

「……馬鹿な子。本当に、本当に……馬鹿な子っ。獣人族の命運。近衛騎士団。リチャードの命。全て、全て自分一人で背負ってしまって……。私はエリンに合わせる顔がないわ……」

「ライアン様。残られた方々で大樹へ戻られた方はいらっしゃるのですか？」

アンナが静かに頭を下げたままの青年騎士へ質問します。

ライアンはゆっくりと頭を振りました。

「あの場に残られた方で、大樹へ戻られた方はいません。敵も魔法通信の妨害を強め、魔法生物に対する警戒も厳しくなった為、これ以上の情報は……」

「……私への伝言を教えて……」

静かな、とても静かな、姉様の声が響きました。

私はマーヤにしがみ付いたまま、顔を上げ、姉様を見ます。

そこには何も感情がありません。顔色は雪のように白くなっています。

ライアンが――言葉を振り絞ります。

「『ごめん、リディヤ。君の誕生日は祝えそうにない。でも、すぐに戻るよ。そしたら、僕の家でお祝いしよう。また、お姉さんになる、リディヤ・リンスター公女殿下のね』」

「…………………」

「兄様はっ！！！！！　兄様は、……嘘吐き、です……！」

姉様が全ての感情を喪われた顔をされ茫然とされました。

私は心が荒れ狂い、再びマーヤのメイド服に顔を埋めます。

――姉様は深く深く息を吐かれ、アンナに要求されました。

「アンナ……短剣を」

「……リディヤ御嬢様、いけません。アレン様は、決して御嬢様に嘘は吐かれません」

「あ、うん。大丈夫よ。今すぐ死ぬつもりはないわ」

平然とそのようなことを仰られた姉様の声色には、何の感情も込められていません。

私は顔を上げ――

目の前で、長く美しい紅髪を、バッサリと断ち切られました。

「リディヤ！」「姉様⁉」「リディヤ御嬢様‼」『！！！』

母様と私、アンナが悲鳴をあげ、大会議室内が騒然とします。

紅髪が舞い、地に落ち——姉様はゆっくりと顔を上げられ、母様と父様を見られました。

「…………御母様、御父様。私は十分……もう十分待ちました。リンスターとして行動されないのであれば、自儘にします。よろしいですね？」

「……リディヤ、一応聞くわ。どうするつもり？」

「決まっています」

部屋内に炎羽が舞い散ります。その炎から感じるのは、怒りを通り越した怒り。

——……そして、底知れない程の深い悲しみ。

「王都へ行って全てを燃やし、東都へ進んで全てを斬ります」

「……その後は」

母様の問いかけに、姉様は悲し気に微笑まれます。

「あいつが生きていたら、怒ります。本気で怒ります。死んでいたら…………私の命もそこまでです。『星』を喪って、真っ暗な世界はもう歩けません。…………歩けないんです」

「「リディヤ！」」「姉様！」「「「リディヤ御嬢様！」」」『っ！』

父様と母様と私、アンナ、マーヤ、ロミー、リリーが悲鳴じみた叫びをあげ、室内にいる全員が息を呑みます。

その時でした。

「……恐れながら」

ライアンが言葉を絞り出しました。皆の視線が一斉に集まります。

「アレン様より、もう一つ御伝言を預かっております。リディヤ様が『御自分の命』と言われた場合のみ伝えるように、と」

沈黙。姉様が小さく、小さく先を促されます。

「……言って」

青年騎士は頭を下げ、強い逡巡。けれど――意を決し口を開きました。

「『仮に、君が僕の後を追おうとしたら、僕は君を嫌いになる。だから、嫌いになるようなことはしないでほしい。お願いだよ、リディヤ』。……これを」

姉様は震える手を伸ばし、差し出された血で汚れし紅のリボン――姉様が、兄様に預けられた長杖に結ばれたそれを受け取り、胸に押し付け呆然と立ち竦まれました。

瞳を見開かれ、涙が頬を伝っていきます。身体を大きく震わされ、顔を覆い慟哭。

「………バカ。バカバカ、大バカ。どうして……どうしてっ……どうしてっ!!! あんたは、そうやってっ、いつも、いつも！ いつもっ!! 自分じゃなく、私を………こんな私のことだけをっっ!!!!!!」

「姉様！」「リディヤ御嬢様!!」

崩れ落ちる姉様を私とマーヤが抱きかかえます。

室内に姉様の泣きじゃくる声が響き渡り、空気が凍り付きます。皆、固く瞑目。

──廊下でシーダと男達が言い争っています。

「お、お止めくださいっ！」「我等は侯国の使者である。無礼であろう！」「そうだ！ 既に刻限に達している」……騒がしいです。今はそれどころじゃないのに。

ノックもなく、大会議室の扉が開きました。

入ってきたのは二人の男──アトラスとベイゼル両侯国の使者です。姉様の御姿を見て、目をしばたたかせます。室内全員の極寒の視線に怯んだ様子を見せるも、咳払い。

「こほん。取り込み中のところ失礼」「お歴々が参集されている。丁度良いでしょう」

両侯国の使者が父様へ視線を向けます。

「リンスター公。約した刻限は既に過ぎております。我等とて、待つには限度がある」

「ご回答願いたい。エトナ、ザナの順次返還が叶うならば我等は国境沿いの軍を退き」

「――……アンナ、ロミー」

使者達の話を遮り、母様がメイド長と副メイド長を呼ばれました。

「「はい、奥様!!」」

「準備は？」

「抜かりはございません！」「御命令あらば、すぐにでも可能でございますっ！」

「そう…………あなた」

「――リサ、分かっている。ああ、分かっているっ。皆も良いな？」

父様が周囲の皆々に問いかけます。

すると、諸家の主達が次々と立ち上がり、胸を叩いていきます。

「異議など毛頭ございませぬっ！」「小火は早めに消すに限りましょう」「お任せあれっ！」

「兄上、皆、同意しております。子等に全てを背負わせるわけにはいきませぬ！」

リュカ叔父様も頷かれました。父様が母様に目配せ。

紅髪を靡かせ、母様は悠然と立ち上がられ、勇ましく命じられました。

「ならば『鐘』を鳴らしましょう！　皆、行きなさいっ!!　此度、遅参は許しませんっ!!!」

『はっっっ！！！！！！！！！！！』

すぐさま、各人が大会議室から駆け出していきます。ライアンも、目を真っ赤にしたボル伯爵に肩を抱かれ出ていきました。

残ったのは父様と母様。それにサイモン・サイクス伯。そして、私とマーヤに抱き着き泣きじゃくる姉様。心配そうなリリー。アンナとロミーの姿も消えています。

やがて——大きな鐘の音が聞こえてきました。

その音は連鎖し、どんどん南都内に響いて行きます。これは大鐘塔の……。

突然の出来事に硬直している両侯国の使者達へ父様が通告されます。

「貴殿等の提案について、回答しよう。答えは——否。断じて否だ」

「なっ!?　ば、馬鹿！」「リンスターは連合と戦争を欲するのかっ!!」

気をとり直した使者達が泡を喰います。対して、父様の初めて聞く冷徹な御声。

「……戯言を。貴殿等、此度の事を甘く考え過ぎなのではないか？」

父様が立ち上がられました。凄まじい威圧感。魔力で窓がガタガタと音を立てます。

――そうです。今、この場にいるのは当代リンスター公爵。王国南方の守護者。

「我等はリンスター。先の魔王戦争において、北方のハワード、大英雄『流星』率いる獣人旅団と共に、魔王領が首府ドラクルに迫り、魔王の心胆を寒からしめた者ぞ！　どうして、連合如きとの戦を恐れようか。叛徒共相手も同様。公爵家は王国の柱石。王家と王国、そして何より民を、弱き者を、子等を護る為に存在しているのだ!!　敵軍、如何に強大だろうと……剣と炎で滅するのみっ！！！！」

「「っっっ！？！！！」」

父様の獅子吼に、両侯国の使者は顔面を青くし、今にも卒倒しそうです。

次いで静かな、とても静かな、それでいて激情を発せられます。

「……此度の変事、東都にて我が長子と、大恩ある子が巻き込まれた。そして、見事、己が責務を果たしてみせた。ならば……ならばっ!!　親である我等は、助けを必要とする子達に応えねばなるまい。物を知らぬ使者殿達へリンスターの家訓を一つお教えしよう」

机に拳が叩きつけられ、砕け散ります。

使者達の顔は既に蒼を通り越して土気色になっています。

「『身内、特に子に手を出されたならば、容赦に及ばず』だ！」

「「っ！？！！！」」

無様にへたり込む使者達。恐怖で歯を鳴らしています。父様は顔を緩められました。

「先程の鐘の音が何かもお教えしよう。先日の貴殿等の指摘通り、我が家は平時において、そこまで常備兵力を保持していない。しかし――鐘が鳴った以上は止まらぬ。あれは王国南方諸家へ総動員令を告げるものだ。二日以内に貴殿等の国へ侵攻を開始出来る」

「お、お待ち、お待ちをっ！」「わ、我等との戦争、貴家に利は！」

回らぬ舌で弁明しようとする使者達を父様が冷たく睥睨されます。

そして、雄々しく布告。

「リンスターを舐めるなっ！　貴様等の小賢しい思惑など知らぬわっっ!!　邪魔をするならば十一侯国と水都、その全てを炎の海に呑み込み、返す剣で叛徒共も斬り捨ててくれようぞっ！　リリー、その愚者共を摘み出せっ！」

「はいぃ～」

「「!?　っ!!」」

年上メイドは使者達を摑み、窓から庭へ放り投げます。悲鳴が聞こえてきました。

「ふひぃ～御仕事しましたぁ～」

リリーが姉様の傍へ帰って来ます。今はこの子の明るさに少しだけ救われます。音もなく父様と母様の前へアンナが現れました。

「旦那様、奥様。大旦那様、お着きでございます。また、大奥様は既に動かれている、とのことでございます」

「そうか……では、本営は義父上に任せるとしよう」「アンナ、他に何かあるかしら？」

御祖父様が此方に！　それに、御祖母様まで動かれるなんて！

アンナが右手の指を二本立てます。

「二点、ございます。アレン様の有しておられた全権限、臨時にお渡ししたい御方がおられます。また、サイクス伯爵令嬢をその御方の下へつけることをお許しくださいませ」

父様が眉を顰められました。

その間、母様は立ち上がられ姉様の傍へ。

抱きしめ、優しく背中をさすりながら「大丈夫よ……大丈夫。アレンは必ず助けるわ。大丈夫だから」と姉様に言い聞かせられています。

「アレンの全権限と、サーシャをだと？　……権限移譲については許可する。サーシャの件は――サイモン、構わぬな？」

書類を確認していたサイモンが顔を上げ、快諾します。

「異存ありませぬ。我が娘の才、御存分にお使いくだされ」

「……アンナよ、何を企んでいるのだ？　その二人、義父上の下につけるのであろう？」

父様の尤もな問いかけにメイド長が嗤います。普段のアンナよりも悪い顔です。

「勿論、戦争を。金貨その他諸々を用いての、でございますが。我等が一日でも早く王都へ、そして、東都へ進発出来るよう——侯国連合には早急に悲鳴をあげていただきます。メイド隊本隊の指揮権はロミー。補佐役はマーサとし、私と一部の者達は」

アンナが指を鳴らし、空間に王国の全域図を投映させました。兄様と同じ技術！

——まずは王都。そして東都が点滅します。

当然、両都には叛乱軍主力が無数にひしめいている筈。潜入は困難を極めるでしょう。

けれど——リンスター公爵家メイド長が微笑みます。

……過去に見たことがない位、アンナも怒っています。

私は隣にいるリリーを抱きしめました。強く抱きしめ返されます。

我が家のメイド長は微笑んだまま、宣言しました。

「昔取った杵柄で全軍に先行し敵情偵察をば。——リチャード坊ちゃまとアレン様の安否、不肖、このアンナが必ずや摑んで参ります。どうか暫しの間、お待ちくださいませ」

第4章

「今だ！　今ならば——喪われたエトナ、ザナの二侯国を取り戻すことが出来るっ!!!」

「王国内の内乱は事実である。リンスター、如何に強大といえど、二正面作戦は避けるのが道理。故により一層の圧力をかければ譲歩を引き出すこと、容易なのは必定である！」

椅子から立ち上がった二人の侯爵——アトラス、ベイゼル両侯が熱弁をふるっている。胸元の金鎖が見える程だ。

今、私、ロア・ロンドイロがいるのは侯国連合が中心都市、水都。その大議事堂最深部にある秘密部屋——国家の重大事を話し合う為にのみ、使われる神聖な場所だ。

北部の五侯爵。南部六侯爵。水都の議会から選出された統領と副統領。合わせて十三人から構成される侯国連合最終意思決定機関『十三人委員会』が参集されて早三日。

風曜日となった今も、未だ激論が交わされ続けている。

議題は『リンスター公爵家に対して、旧二侯国返還を強硬に要求するか否か』。

侃々諤々の意見が入り乱れ、未だ方向性は定まっていない。

目の前の椅子に座り、私が護衛している太った白髪頭で、ぎょろ目の老婆——南部最大の経済力を有するロンドイロ侯国、その当代であり、私の祖母でもあるレジーナ・ロンドイロ侯爵がこれ見よがしに呟いた。

「……五月蠅い小僧共だねぇ。ロア、あんたもそうは思わないかい？」

「……御祖母様、お声が少し大きいです」

「はんっ！　聞こえるように言ってるのさ。私ゃ、腰が痛くなってきたよっ。あたた」

室内に御祖母様の声が響く。アトラス、ベイゼル両侯爵の目が釣り上がった。その両隣にいる旧エトナ、ザナ侯爵も私達を睨んでくる。後方の護衛達も武器に手をかけ威嚇。対して御祖母様はカップの紅茶を飲み「ふむ……悪かないね」と何処吹く風だ。私は居たたまれず極々淡い橙色の前髪を弄り、周囲を見渡す。

——こうして見ると、年齢層がはっきりと分かれている。

北部五侯は皆若い。

私の年齢——十八歳ではなかろうが、それでも精々二十代前半といったところだろう。

対して、南部六侯は二人を除いて皆、老人といっていい方々。

若い一人の南部侯爵——私も面識があるカーライル・カーニエン侯爵は、隣のこれまた若いホロント侯と何かを話し込まれている。

中央の席に座っている薄い水色髪と白髪混じりの老人——侯国連合統領ピルロ・ピサーニ様が口を開いた。

「ロンドイロの。意見があるならば、申せ」

「はんっ！　なら、言わせてもらうよ。リンスターにこれ以上ちょっかいをかけるだって？　馬鹿を言うんじゃないよっ！　そういうのは処置無しって言うんだ」

「なっ！」「……ロンドイロ侯といえど、聞き捨てならんのである」

アトラス、ベイゼル両侯が憤り、北部の三侯爵も否定的な視線を向けて来る。

御祖母様は領内で若い者達に物事を教える時と同じ口調になられた。

「いいかい？　若造共。あの連中は尋常じゃないんだよ？」

「……知っている」「だからこそ、我等は既に多数の傭兵を雇い入れているのである。その数——十数万！」

室内がざわつく。此処にきての真情報。まさか……既に強硬策ありきで募兵を？

傭兵を雇えばそれだけ金がかかる。そして、それは回収しなければならない。

つまり……二侯国は既に『開戦』を決意している。

御祖母様が目を細められ、こめかみに血管が現れた。あ、まずい。

話を聞いていたカーニエン侯が拍手した。

「十数万とは。幾ら彼の家が恐るべき剣技と魔法を操るとはいえ、兵数差により交渉で優位に立てるでしょう。ホロント侯もそう思われませんか？」

「数は力、と思う。開戦はともかく、強く交渉しても構わないのではないか。リンスターが段階的な返還に応じる可能性はある、と考える」

室内の空気がおかしな方向に向かい始めていた。

基本的に南部六侯国は歴史的に非戦派だ。国境での演習ですら消極的賛成だった。私はカーライルを睨む。どういうつもりなのか。ピサーニ統領が問われる。

「他に意見がある者はいないか？　なければ、採決を——」

静かなノックの音が響いた。全員の視線が入り口の扉へ向かう。統領が許可。

「入るがいい」

「失礼します」

緊張しきった顔の男性秘書官が統領と副統領の傍へ。

何事かを説明——二人の熟練政治家が絶句。御祖母様が声をかける。

「……その様子だと、碌な報せじゃなさそうだね」

「……うむ」

ピサーニ統領は室内を見渡し、重々しく通告した。

「——本日。リンスター公爵家がアトラス、ベイゼル両侯国へ宣戦を布告してきた。諸侯。事は我等の想像を超えた早さで動き出してしまったようだ」

＊

「まったく……どうなっているんだろうねぇ。ロア、手は回したかい？」

杖を突きながら、夜道を歩く御祖母様——レジーナ・ロンドイロ侯が私に尋ねてくる。

『リンスター公爵家。アトラス、ベイゼル両侯国へ宣戦を布告せり！』

その急報を受け、十三人委員会は大混乱に陥った。

結果、一先ず情報収集を最優先とすることと、明朝の再開を決し、十三人委員会は散会。大議事堂を辞した私達は宿へ向かう為、石畳の小道を歩いている。水都は通りが狭い為、馬車の乗り入れも禁止されているのだ。

今晩の月は不気味に紅い。魔力灯すらも、血で染まるかのようだ。

この場にいるのは御祖母様と私。それに護衛の男女が四名。何れも歴戦の者達だ。

私は御祖母様へ報告する。

「はい。既にリンスター領内へ人を放ちました。ですが……あり得るのでしょうか？　一公爵家が国家との戦争を望むなぞ、正気ではないと思います」

「——浅い。青い。温い。そんなんじゃ、すぐに死んじまうよ」

「っ！」

痛烈で容赦ない御祖母様の指摘が私を貫く。

カツン、と石畳を突く祖母の杖。振り向きもせず、私の認識を糺してくる。

「いいかい？　王国のリンスター、ハワード、ルブフェーラの連中とだけは、まともにやり合っちゃいけないんだ。あいつらは戦に飢えた蛮族……ちっ。油断したね」

御祖母様が舌打ち。再び石畳を突き、強大な魔法障壁を張り巡らせる。

いったい、何——そこでようやく私も気づく。

まだそこまで遅い時間ではない。にも拘らず、人が誰も通りかからない。

「……結界？　私達に気付かれもせず？？」「そこにいるのは誰だい！　出ておいで？」

御祖母様が前方に広がる漆黒の暗がりへ大きな声をかけた。

——人が歩いて来る。少しずつ見えてきた。

長身で極々淡く肩までの赤髪に耳長。前髪には銀の髪飾り。肌はやや褐色寄り。

エルフ？　もしくは混血か。細身ながらも胸があり、着ているものはメイド服。手には大きな旅行鞄。

夜の水都にいるとは思えない恰好の女を前にし、私達は最大警戒。腰の剣や短剣の柄に手をかけ——御祖母様が手で制された。

「待ちな。古い知人だよ。……随分と大袈裟な結界を張るじゃないか」

苦々しい口調だ。すると、女はスカートの両裾を摘み、優雅に挨拶した。

「お久しぶりでございます。第三次南方戦役以来でございましょうか？　御機嫌麗しゅう」

「……良かないよ。何用だい？　リンスターの副メイド長を辞したと風の噂で聞いたがね。どうせ、北部のごたごたの件だろう？」

「はい」

綺麗な笑み。背筋に悪寒が走り、身体が全力で警戒を叫んでいる。

御祖母様が怪訝そうに問われる。

「あんた程の者を使者に立てる。リンスターは今回の一件をそこまで重く捉えているっていうのかい？」

——くすくす。月夜の下に立つ謎のメイドが笑っている。

南部六侯国内において最恐魔法士として畏怖される『串刺し』レジーナ・ロンドイロを

前にして、まるで幼い少女のように。やがて、女は目元を拭い、話を続けた。

「失礼いたしました。私は単なる一メイド。御世話係に過ぎません」

御祖母様が苛立たしそうに、両手で握りしめられている手持ちの杖で地面を打つ。

「はんっ！　『首狩り』ケイノスをそういう風に扱える人間なんて、この大陸にそこまでいるとは思え——……まさか」

『首狩り』って、第二次と第三次南方戦役で幾人もの勇士、魔法士達を大鎌で惨殺した伝説の——漆黒の夜道を誰かが歩いて来る。

身体中の細胞が悲鳴。怖い怖い怖い怖い怖い。

そこに『何か』が……人の身で相対してはいけない存在が確かにいる。

ゆっくりと姿が見えてきた。緊張皆無の明るい挨拶。

「あらあら～だめよぉ～？　ケレブリン、怯えさせせちゃぁ」

影から姿を現したのは一人の女だった。

長くまるで血を吸ったかのような紅髪。背は子供のように小柄。容姿も少女のように見える。纏っているのは——緋色の魔法衣。描かれた紋様はリンスターのそれ。

私は剣を抜き放ち、魔法を即時展開。護衛達も続く。御祖母様に鋭く叱責される。

「お止めっ！　……あんた達じゃ肉の盾にもなりゃしないよ」

『っ！』

余りにも冷酷な戦力分析。そんな私達を放っておいて、女はエルフの傍へ。

「ごめんねぇ～ケレブリン。鞄、重かったでしょう？」

「メイドの務めですので。大奥様を独占出来、ケレブリンは嬉しゅうございます」

まるで緊張感がない。私達は何時でも魔法を発動させられるのに。

御祖母様が問われる。

「……どういう、ことだい？」

「何がかしら～？」

「しらばっくれるんじゃないよっ！　あんたがわざわざ出張って来るなんて、尋常の沙汰じゃないっ！　リンスターは、連合との全面戦争でも望んでいるってのかいっ⁉」

初めて見る、当代ロンドイロ侯の焦燥。

目の前の女の瞳が紅く、紅く染まり、髪と魔法衣がはためき、無数の炎羽が舞い踊る。

「──その程度の覚悟もなく、私達の行く手を阻もうとするなんて……命知らずね」

通りを熱風が駆け抜けていく。両手で防御しながら、ようやく理解した。

魔力の、桁が、違い過ぎる。それでも──私は歯を食い縛り、叫ぶ。

「貴女は、貴女は何者なんですかっ‼　こんな魔力……人の域じゃないっ！！！！」

すると女は小首を傾げ、深々と頭を下げてきた。

「？　ああ！　御名前、名乗ってなかったわね～。ごめんなさい」

ゆっくり、と顔を上げ私と視線を合わす。それだけで強い吐き気を覚える。

嗚呼……私はここで死ぬのかもしれない。

「私の名前はリンジー・リンスター。そちらの国々では『緋血の魔女』って呼ばれているみたい。……あんまり、可愛くないわ～。王国で通じる『緋天』に改名してちょうだい！」

『！？！！！！』

私と護衛達は一瞬、恐慌状態に陥りかけるも、理性を総動員して何とか踏み留まる。

――『緋血の魔女』リンジー・リンスター。先代リンスター公爵夫人。

第二次南方戦役において、当時、侯国連合最強と謳われた『七魔杖』全員を単騎、しかも一撃で全滅させ、同侯国滅亡の要因となった魔女!!!

魔女は首狩りメイドを従え、微笑んだ。

「あのねぇ～。私、レジーナちゃんに～お願いがあるのよぉ。聞いてくれるかしらぁ？」

「…………何だい」

可能ならば、お祖母様を連れてこの場から全力で逃げ出したい。

けれど、私の無駄に高い演算能力は、逃げればば『ありとあらゆる偶然と奇跡が重なってもなお即死』と判定。動けない。

魔女は表情を崩さぬまま、とんでもないことを要求してきた。

「私達がアトラス、ベイゼル全土、場合によっては北部五侯国と水都を燃やし尽くすまで、南部六侯国には動かないでもらいたいの♪　ね？　簡単なお願いでしょう？」

つまり……我等が今回の件に関わり動けば『南部六侯国の安全は保障しない』。

御祖母様の顔が引き攣り、苦悶される。要求されているのは、『北部の五侯国と水都を差し出せ』と言っているに等しい内容。

御祖母様は時に悪辣。けれども、侯国連合自体には忠誠を誓われている。

この魔女がそのことを知らないわけが——……その時、私は悟った。

カーライル先輩。やっぱり、貴方に賭けの才能はありませんよ。

貴方が猛獣の尾と思っているのは『竜』のそれ。『災厄』を呼び込むもの。勝ち目が端からない。……それとも、『竜』を相手にしてもなお、賭けられる隠し玉が？

私の疑問を他所に、魔女が返答を求めてきます。

「お返事、今すぐこの場で聞かせてもらえるかしら～？　——リンスターは恩を忘れない。

まして、それが可愛い可愛い孫の命と私達の心をも救い、『忌み子』の呪いを止めた相手ならば猶更。レジーナちゃん。この話はそういう話なのよ。諦めてちょうだい」

魔女の顔には心の底からの感謝。そして……瞳の奥には全てを焼き尽くさんとする憤怒。

反面、御祖母様の顔には驚愕が浮かぶ。

「『忌み子』の呪いを止めただって⁉　そ、そんな馬鹿な……ありえない」

『忌み子』の呪い？　どういう意味？？

――暫しの静寂が周囲を包んだ。そして、苦衷を滲ませた御祖母様が答えを口にされる。

魔女はそれを聞いて、ただただ嗤う。

返り血を浴びたかのような紅い月だけが、私達を見ていた。

＊

「リィネ御嬢様、お願いします。どうか、どうか、シーダも戦場にお連れくださいっ！お願いしますっ‼」

「……シーダ。それは出来ないわ」

私に対して、この夏休み中、私付きとなっているメイド見習いシーダ・スティントンが頭を深々と下げてきます。今朝から、何度目でしょうか。

――父様が開戦を決し、母様が王国南方への総動員令を告げる鐘を鳴らされた翌日。

南都の屋敷には、続々と軍をまとめた各家当主が続々と参集して来ています。

常識を疑う速度。我が家の事ながらこの世の光景とは思えません。

私も紅を基調としているリンスターの真新しい軍服と軍帽姿に着替え、前髪に映像・通信宝珠を兼ねた黒のバレッタを付け、準備万端。自室に置かれた姿見に映る自分は、我ながら凜々しいです。

侯国の使者達に、父様は『三日後』と仰っていましたが、この分だと今日の午後には進軍が開始されるでしょう。

私は頭を下げたままのシーダを説得します。

「いい？　シーダ。リンスターは、メイド見習いの子を戦場には連れて行かないの。知っているでしょう？　屋敷で待機なのを、本営付きにしたのだって大変だったのよ？」

「でも、でも、私はリィネ御嬢様のメイドです！　メイドは主人の傍を離れるわけにはいきませんっ！　月神様にもそう約束しました」

この子、思った以上に頑固です。

どうやって説得したものか……私が困っていると勢いよく、扉が開きました。

「リィネ御嬢様～準備は出来ましたかぁ？　私は準備万端ですぅ～♪」

「…………リリー、貴女、その恰好で行くの？」

「はい、勿論☆　何しろ、私はメイドさんですからぁ！」

入って来たのは、リンスター家メイド隊第三席のリリーでした。

相変わらず女子学生のような恰好です。これで戦場に行くなんて……いえ、他のメイド達も胸甲をつける子はいますが、基本メイド服のままでしたね。

近寄ってきた年上メイドが、一転、真剣な表情になり私を促す。

「リィネ御嬢様、リディヤ御嬢様の御様子を確認しに参りましょう」

「……そう、ね」

頷き、軍帽を深く被りなおします。少しだけ、今の姉様に会うのは気が重いです。

昨日、慟哭された後は部屋に籠り切りになられたままで、誰とも顔を合わせていません。

私は、メイド見習いの少女へ声をかけます。

姉様のあの御様子からして、とても戦場には……。

「シーダ、行くわよ」

「……え？」

きょとん、とし私の顔をまじまじ、と見つめてうるうる。軽く手を振ります。

「屋敷内での貴女は私付きでしょう？」

「！　は、はいっ！　私は、リィネ御嬢様のメイドです‼　月神様にも誓いましたっ‼!」

その場でシーダが跳びはねます。……胸って揺れるんですよね。

後ろからリリーが私を抱きしめてきました。

「⁉　リ、リリー？」

「ふっふっふっのふっ～……。シーダちゃん、リィネ御嬢様は私のなんですよぉぉ？」

「⁉　そ、そんなっ！　リ、リリー様、酷いですっ！　月神様に言いつけちゃいますっ‼」

「悔しかったら、早く一人前になることですぅ～。――今回は、私が守りますから。ね？

本営でお留守番していてください」

「………っ。は、はい……」

リリーが優しくシーダを説得しました。

……この子、案外と心の機微に敏感なんですよね。

でも、リリー。いい加減離しなさいっ！　胸が、凶器が、頭に当たってるのっ‼

二人と連れだって廊下を進みます。

屋敷内を慌ただしくメイド達や使用人達が走り回り、通信宝珠でやり取りしています。

時折「フェリシア御嬢様」「サーシャ御嬢様」という名前が聞こえてきたのは、空耳ではないでしょう。あの二人、早くも派手にやっているようです。リーン御祖父様の下について、兵站と諜報を担当すると聞きましたし……。

そうこうしている内に、私達は姉様の部屋前へ到着しました。

……開けるのを躊躇します。

昨日、ライアンから報告を受けた姉様の御様子は尋常ではありませんでした。

私も衝撃を受け、みっともなく泣いてしまいましたが、その比ではなく、この世の終わり、といった感じで。こういう時、アンナがいれば……。

ですが、あのメイド長は数名のメイドを連れて既に南都を出てしまいました。

私達で何とかするしか――リリーが扉を開けます。

「リディヤ御嬢様～失礼します～」

「リリー!?」「えとえと」

私とシーダが動揺する中、年上メイドは部屋の中へ。私達も慌てて後に続きます。

すると――

「……え？」「ほわわ」

部屋の中は、綺麗に片付けられていました。整理整頓が完璧に行き届いています。

大きな姿見の前に立っているのは、私の敬愛する姉様——リディヤ・リンスター。

私達に背を向け服装を整えてらっしゃいますが、短くなった髪はそのまま。切り揃えられた様子はなく、前髪には黒のバレッタ。

纏われているそれは、王族護衛官の服ではなく——漆黒のドレス風軍服。

かつて、母様が着られていたと聞く戦装束です。

姉様は私達を見ずに、平坦な声で聞いてこられます。

「リリー、リィネ、何かしら？」

「えーっと……」「あ、姉様を呼びにですね……」

「そ、分かったわ」

椅子に立てかけてある双剣を両腰に下げられ、振り返られます。

双剣の内一振りは、つい先日まで使われていたものではありません。

明らかに業物。鞘に納められていても強い……強過ぎる魔力を感じます。

そして——姉様の右手首には、兄様の血で汚れた紅のリボン。

胸がぎゅっ、と痛みました。それでも、私は辛うじて口にします。

「姉様、体調の方は大丈夫ですか？　昨日から何も口にされていませんよね？　あと、その……王族護衛官の服じゃなくてよろしいんですか？」

「大丈夫よ。食べたくないの。この服でいいわ」

「そう、ですか……」

これ以上、聞けなくなり、私は口籠ります。リリーですら何も言えません。

そんな私達を無視し、姉様はテーブルの上に唯一置かれていた懐中時計を手に取られ、優しく優しく表面を撫で、仕舞われました。歩き出し、部屋の外へ向かわれます。

「行くわよ、リィネ、リリー。そのつもりで私を呼びにきたんでしょう？」

「は、はいっ！」「…………リディヤ御嬢様」

私は慌てて姉様に追随。年上メイドは小さく、心配そうに姉様の名前を呼びます。

けれど、反応されません。……何処か様子がおかしいです。

まるで、昔の、王立学校入学前の姉様に戻ってしまわれたよう。

私は右手を自分の心臓に押し付けます。

……兄様。リィネは、リィネはどうすれば良いんでしょうか。

＊

「先陣は是非とも、是非とも我等『紅備え』にっ!!!」

「何を言う、トビア。此度は我がユーグ侯爵家の番だろうが」

「イブリン伯もユーグ侯も、強行軍でお疲れであろう？　ここは、ポゾン侯爵家に任せていただきたい」

「御三方。古来より、先陣は敵領土に最も隣接する者が務める習わし。で、あれば、我が副公軍であろう。グリフォン飛翔騎士団の初陣でもある。兄上、御決断を！」

　諸将の集まった大会議室では鎧を着た四人の男性が、中央の椅子に座り、執務机上で手を組まれている父様――リアム・リンスター公爵に詰め寄っていました。

　派手な紅の鎧姿で、貴公子然とした男性はトビア・イブリン伯爵。

　代々、大規模戦役において先陣を務め、リンスター公爵家幕下中、最精鋭部隊と目されている全身、紅の装備で身を固めた『紅備え』を率いる猛者です。

　短身ながらも、腕や脚の太さが尋常じゃない禿頭の男性はソルゲイル・ユーグ侯爵。

　家系にドワーフの血が入り、南方諸家中、最硬の重装甲歩兵部隊を抱えています。

　静かな口調ながらも、強い意志と知性を感じさせる方は、クロウ・ポゾン侯爵。

　重衝撃魔法騎兵、という独自の兵科を育て上げ、その武名は大陸中に轟いています。

　最後の赤髪赤髭をした方は私の叔父様であるリュカ・リンスター副公爵。

　グリフォンを集中運用する騎士団の創始者です。

何れも劣らぬ勇将、猛将、智将、名将。先陣を任されるに足る方々と言えるでしょう。

けれど、父様は大きく頭を振られました。

「……駄目だ。此度の戦役、既に先陣は決定している」

『!?』

私とシーダ、そして室内にいる他の諸将も驚きを隠せません。

この四人を差し置いて先陣を務める人がいる筈……。

しかし、姉様とリリーは平然としています。どうやら、驚きはないようです。

そう言えば、母様とメイド達の御姿が見えません。

——……まさか。

「先陣は私が務めます」

大会議室内に、静かでありながら良く通る声が響き渡りました。

全員が入り口へ目をやり、すぐさま、納得の色を浮かべます。

——そこにいたのは、紅のドレス風軍装をその身に纏われ、腰に魔剣を下げられている紅髪の美女。

私の母様。前『剣姫』にして、大陸最強剣士と謳われるリサ・リンスター。

後方には、副メイド長のロミー以下、現在、屋敷内にいる席次持ちのメイド達があらかた付き従っています。

悠然と大会議室内を進まれた母様は、父様の隣に立ち皆を見渡しました。

皆が一斉に敬礼。

父様が重々しく告げられます。

「先陣は我が妻とメイド達が務める。後詰めはイブリン。『紅備え』」

『はっ！！！！！』

「ユーグは本陣」

「承った!!!」

「ポゾンは右翼」

「お任せあれ!!!」

「リュカは空中を制圧せよ」

「副公軍の武威、御照覧あれっ!!!」

「左翼は各家選抜の騎兵部隊に任せる。最新情報を。サイクス」

「御報告致します」

通信宝珠でやり取りをしていた、一見何処にでもいそうな細面の男性――南方諸家の諜報を担うサイモン・サイクス伯爵が立ち上がります。

「グリフォンによる空中及び、地上からの先行偵察、各種物資の取引情報、敵魔法通信傍受から、敵軍総数は両侯国合わせて、約十五万といったところです。対して我が軍は全軍総数で精々三万。今後、増加する予定ですが、兵的劣勢は変わらないでしょう。……が、恐るるには足らず！」

サイクス伯が前へと進み、中央の机に広げられた周辺地図を指で叩きます。

アトラス、ベイゼル両侯国内には複数の軍を示す硝子製の黒い駒が置かれています。

エトナ、ザナのほぼ中央国境付近――アヴァシーク平原に集結している敵軍とは随分距離があるのが理解出来ます。サイクス伯が断言しました。

「現状、敵軍は分散しています。アヴァシークにいる敵軍総数は約十万。アトラス、ベイゼル両侯爵は現地におらず、水都にいる模様です。しかも、敵軍の大半は傭兵、烏合の衆です。両侯爵家の騎士団は精々、合わせて一万程に過ぎません。故に――我が全力をもって敵の分力を討つ！　各個撃破の徹底あるのみ。また、敵軍は空中兵力を一切有しておりません。空は我々のものです。魔法通信暗号に関しても既に八割方、解読は終わっております。……古い東方系の暗号解読に手古摺り、未だ未解読のものもありますが、小集団はともかく軍単位の動きを見逃しはしませぬ。我が名に懸けて確約いたします」

これは……敵軍が少し可哀想です。戦う前から丸裸なんて。

隣のシーダは「月神様……私、未来の世界にいるんですか？」と目を白黒させています。

リュカ叔父様が質問をされます。

「兄上。兵站の件は如何なさいますか？」

「問題ない。問題など、起こる筈もない。そうですな？　義父上」

「ああ――それでも、ハワードには負けるだろうが」

遅れて、御祖父様――リーン・リンスター前公爵がやって来られました。後方に、一時的に現役復帰したマーヤを連れています。

初めて見る軍服姿。諸将が自然と頭を垂れます。

御祖父様が宣言されます。

「此度の戦役、兵站分野は私、リーン・リンスターが統括する。なに、私はお飾りだ。細かい話は全て若き才女、才子達に任せる。皆、安心して戦ってくれ」

『はっ！！！！』

数万単位で動き回る軍隊の兵站管理は困難極まるものです。

物資を集め、それを馬車等々で運び、過不足なく配分し、それを常に滞りなく続ける。

血液を身体に巡らすかのように。

一見、簡単に思えますが、実際運用してみればそれがどれ程までに困難か……。

刻々と減る手持ち資金の動き。

物資量と位置とそれを保管する場所の確保。

馬匹、飛竜、グリフォン、それを操る人々。その健康状態。

道路状況。汽車ならば線路。空も使えば空路の問題も。

ああ、現地の天候も……考える内容が余りにも多過ぎて、頭がおかしくなります。

——兄様ならば苦も無くこなされるのでしょうけど。

そして、兄様に見込まれた眼鏡をかけている辣腕の番頭さんも。

ここまで沈黙していた、姉様が静かに口を開かれました。

「御父様、私にも役目を与えてください」

「……リディヤ。お前はリィネと本営にいよ。無理に前線へ出る必要はない。出来れば、戦場ではなく屋敷に留まってほしいのだが……」

父様が沈痛な面持ちで、姉様に指示を出されます。

すると、漆黒の軍装を纏われた『剣姫』は真っすぐな視線を父様へぶつけられます。

「敵軍に空中戦力皆無ならば、グリフォンで後方へ侵入し攪乱出来ます。その方が早く終わる」

「…………」「……リディヤ」

母様が近づいて来られ、姉様を心配そうに抱きしめられました。

「無理をしないでちょうだい。大丈夫。大丈夫だから。……大丈夫よ。私と御父様、そして皆に任せておきなさい」

「…………御母様、私は平気です。どうか任せてくださいませんか？」

「……リディヤ」

母様が悲しそうに姉様を見つめられます。マーヤやロミー、メイド達も心配そうです。

そして、そのまま父様へ視線。頷かれました。

「……分かったわ。後方撹乱を許可します。けれど、無茶をしては駄目よ？　そんなことをしたらアレンが悲しむわ。リリー、リディヤとリィネをお願いね」

「……分かっています」「はい～お任せくださいぃ！」

姉様が頷かれ、年上メイドが母様に敬礼します。私もですか⁉

――いえ。おそらく、私も一緒ならばそこまで無茶をされない、ということでしょう。

逆に言えば今の姉様は、それ程までに危うい、と。

父様が手を叩かれ、立ち上がられました。

「ならば──勝ちに行くとしようっ！　我等の名、再び天下に知らしめようぞっ!!」

『応っ！！！！！！！！！』

＊

アヴァシーク平原は、旧エトナ、ザナ侯国。アトラス、ベイゼル侯国にまたがる広大な平原です。

地形的にもなだらかで、丘すらも殆どなく大河や沼沢地もありません。

その為、古来より幾度となく大会戦の舞台となってきました。

……まぁ、どの会戦であっても、これ程の惨状にはなっていないと思いますが。

氷曜日の曇り空の下、私はグリフォンを操りながら、眼下に広がる戦場模様を眺めます。

『リィネ、私達も行くわよ。今なら敵は混乱している。最後方の司令部をたたくわ』

『は、はい！　姉様!!』

バレッタから、前方のグリフォンに騎乗されている姉様の指示が飛び込んできました。

慌てて追随します。

私達の後方からはリリー率いるメイド達。その数十数名ですが、何れも席次持ちか、古参の者達です。

——おそらくは後世において『アヴァシーク殲滅戦』とでも呼ばれることになるだろう会戦は、異例の形で始まりました。

侯国軍が情報通り約十万。対して、此方はリンスター以下の南方諸家約三万。

その先頭に立ったのは——リサ・リンスター。

母様は魔剣『紅鳥』を手に、困惑する敵軍戦列に対してこう呼びかけられました。

『侯国軍十万の中に、『血塗れ姫』に挑む勇士は誰一人としていないのかっ!!!』

それに激高した敵軍の勇士十数名が次々と飛び出し、母様に戦いを挑まれ——結果。全員が一合も保たず瞬殺。

激しく動揺する敵軍戦列に対し、母様は容赦なく巨大な炎属性極致魔法『火焔鳥』を四羽同時顕現。信じ難い光景に判断が遅れた敵兵達はなすすべなく、炎の凶鳥に呑み込まれ……後方の敵軍も現状は恐慌一歩手前、といった有様です。

メイド達が次々と騎士や傭兵を粉砕し、『紅備え』の一糸乱れぬ紅い突撃は敵軍戦列を次々と崩壊させ、両翼では重衝撃魔法騎兵と各家の騎兵が敵軍を追い散らしながら包囲を形成しつつあります。本陣前のユーグ侯爵家軍及び、予備戦力であるリンスター公爵家親衛部隊や各家の騎士団に出番はなさそうです。

その間も、戦場上空には数百羽のグリフォンが舞い襲撃を継続中。統制の取れた反撃はありません。

グリフォンが戦場へ集中投入されたのは今回の会戦が史上初でしょうが、この惨状。

……やはり、侯国軍には『空』の概念がない、と。

『リィネ御嬢様～。ここは戦場ですからねぇ～？　気を抜かないでくださいね～』

『っ！　わ、分かってるわよっ！』

後方からリリーの通信。鋭いですね。

私は心を落ち着けようと、胸にかけた月神教のお守りを握りしめます。

『……どうか、これだけはお供としてお持ちになってください』

シーダが出陣前、涙を浮かべながら私に押し付けてきた物ですが、多少は精神を落ち着かせる効果はあるのかもしれません。

混乱する敵戦列を飛び越え――姉様が呟き。

『見えたわ』

眼前に、アトラス、ベイゼル侯爵軍の一際巨大な軍旗が掲げられている天幕が見えてきました。敵軍総司令部です。

やはりそれなりの数の護衛がいます。ここは魔法で上空から叩くべきです。

私がその結論を口にしようとした時でした。

姉様はグリフォンを上空まで飛ばし——

『!? 姉様っ!!』『リディヤ御嬢様、危ないですよぉぉぉ～』

そのまま、あっさりと自分だけ降下。

突然、出現した少女に、司令部を護衛している兵達は唖然としています。

『……邪魔ね』

姉様が冷たく零され、直後、四方に炎を放たれました。

——炎属性初級魔法『炎神波』。凄まじい火力！

今の魔法だけで、周囲に構築されていた天幕、陣地の大半が火に包まれ、騎士や兵士達も武具を損失。戦意を失い逃げ惑います。

しかも、姉様は兵士達を一人も殺していません。精々、火傷を負わせたくらいです。

神がかった魔法制御！

リリーが指示を出してきます。

『リィネ御嬢様～私達も降下を～。半数は上空に待機させますぅ～』

『あ……そうね。リリーの言う通りに！』

『『『『はいっ！！！！』』』』

耐炎結界を発動させながら、降下。一部のグリフォンを駆るメイド達は高度を上げていきます。

私とリリー、数名のメイドは無事着地。グリフォン達は再び空へ。

姉様は確認もされず、ゆっくりと双剣を抜き放たれます。

新しい剣はやはり魔剣のようです。

双閃。目の前で炎上している天幕が斬撃によって斬り裂かれ、巨大な軍旗も切断。倒れていきます。けれど——

「……誰も出てこない？」

「リィネ！　下がりなさいっ!!　リリー!!!」

「え？」「はいぃぃ～！」

姉様からの注意喚起。同時に私はリリーに抱えられ、強制後退させられます。

直後、左右の炎から、巨軀で、四角い兜と重鎧装備の騎士達が姉様目掛けて飛び出してきました。人数は——八人っ！

大剣、長槍、大斧、戦鎚持ちがそれぞれ二人ずつ。

最も速かった右側の大剣と大戦鎚を持った騎士が姉様へ襲い掛かり、上段から武器を全力で振り下ろし——

「……遅い」

「⁉」「!!!」

姉様がすれ違いざまに、騎士達の胴を横薙ぎ。更にその先にいた長槍と大斧の騎士へも斬撃。明らかに重装甲な鎧を叩き切り、振り向きざまに『火焔鳥』を発動。

炎の凶鳥は左側の騎士達に直撃。炎に呑み込まれます。

——拍手。

「見事、見事」「八体を容易く退けるとは。噂に違わぬ」

「………………」

炎に包まれた天幕の中から現れたのは、二人の奇妙な男でした。

一人は右の頬、もう一人は左の頬に、紋章が彫り込まれています。

灰色ローブを身に纏い、姉様を前にして一切、怯えていません。

何？　この禍々しい魔力は？　これ、王立学校の演習場でジェラルド王子が暴走した際に放っていた魔力に似ている……。

姉様が双剣を構えられつつ問われます。

「気配はなかった。――転移魔法。何者なの？」

「さてな」「貴女が知る必要はありますまい。『リンスターの忌み子』殿」

「………私は、『忌み子』なんかじゃない」

男達の答えに、姉様の声色が更に冷たくなります。

双剣を構えられ――

「！　姉様っ！」「リディヤ御嬢様！」

「ちっ」

舌打ちを残し、姉様は後方へ跳躍されました。

次の瞬間――その場に騎士達の武器が振り下ろされます。轟音。

倒した筈なのにっ!?　しかも、八人共!?

戸惑いながらも、すぐさま剣を抜き放ち魔法を発動出来たのは、兄様のご指導のお陰でした。私は剣の切っ先に『火焔鳥』を発動させ、敵騎士一体を目標に援護射撃。

少し遅れてメイド達も武器を構え、攻撃魔法を放ちます。皆、上級魔法です。

唯一、リリーだけは魔法を準備しつつも、じっと騎士達の様子を見ています。

私の『火焔鳥』とメイド達の攻撃魔法は、狙い違わず騎士達へ次々と着弾。

――しかし、

「!? あ、あれはっ!!」「光の」「盾？」「魔法が効かない!?」

騎士達は兜の中の片目を不気味に光らせ、八枚の光の盾を形成。

メイド達の攻撃魔法は悉く弾かれ効果無し。

私の『火焔鳥』は八枚の盾の内、三枚目を貫き、四枚目とぶつかったところで、騎士達の籠手と鎧から更なる結界が発生。力尽き消失してしまいました。極致魔法が効かない!?

後退し、体勢を立て直された姉様が目を細められます。

「――……『光盾』。それに『蘇生』。あの馬鹿王子と同じ……」

灰色ローブ達が哄笑します。

「ほぉ、気付いたか。だが、こ奴等は東都で使われた問題だらけの初期試作品とは違う。更に改良が進んだ、人を用いぬ増加試作型だ！」

「この魔導兵達には、我等の主が現世に再現せし大魔法『光盾』と『蘇生』を組み込んでくださっただけでなく――お前を捕らえる為、特別な耐炎結界が施してある。リンスターの炎なぞ効かぬ。こうも簡単に罠の中へ入って来るとは。我が主の予言通り」

『！？！！！』

私とメイド達が驚愕します。

つまり、つまり……罠に嵌ったのは私達だった？　しかも、狙いは姉様!?

リリーが真面目な顔になり、単語を零します。

「――魔導兵。かつて、ユースティン帝国で生み出された人工騎士、ですか。確か人の死体を使うと……、魔王戦争以降、その技術は喪われ、ララノア共和国が再現しようとするも出来なかった、と聞きました。それ以前に……」

「明確な人魔協約違反の代物ね。どうやって、『光盾』と『蘇生』を発動させているのかは分からないけれど――とりあえず、死んでおきなさい」

姉様が『火焔鳥』を剣を振るわれ発動。八体の魔導兵へ襲い掛かります。

灰色ローブ達が嘲ります。

「無駄だ！」「『忌み子』の炎なぞ、効かぬっ！」

「…………私を『忌み子』と呼ぶなっ！！！！」

「！」

『火焔鳥』が力を増し、巨大化。母様のそれとほぼ同等に。

魔導兵は八枚の光の盾を展開。

――大激突。

一瞬で三枚の盾が崩壊。四枚目以降、無数の耐炎結果も発動し抑えにかかりますが、四枚目、五枚目、六枚目が貫通。砕け散り、更には七枚目もひびが走っていきます。

灰色ローブ達の顔に余裕がなくなり、フードが熱風で吹き飛ばされます。

二人共、淡い金髪で、首元に金鎖が見えました。

あれは？「聖霊教異端審問官の……」リリーが小さく零すのが聞こえました。

右側の頬に魔法式が蠢いている男が叫びます。

「ロログよ！　我等は、新使徒としての役目を果たさねばならぬっ！」

左側の頬に魔法式が蠢いている男が応じます。

「ラコム！　もう少し実験しておきたかったが……やむを得ぬ！」

男達が両手に呪符を翳しました。黒灰の光を放ちます。あ、あれは⁉

――突然、男達と騎士達の姿が掻き消え、目標を喪った『火焔鳥』が奥へ着弾。業火を巻き起こします。

その直後、私はリリーの右手に抱えられました。

「え？　リリー⁉」

「みんな！　全力で後方に跳んでくださいっっ‼　リディヤちゃんっ！！！」

普段の『メイド』とはかけ離れた切迫さ。姉様への呼び方も昔のそれに戻っています。

メイド達は戸惑いながらも全力で大跳躍。リリーも跳び、私達の最前列へ着地。

私を降ろし、大きく左手を真横に振り、魔法を発動させます。

その直後——肌を粟立たせる忌むべき魔力を感じました。

金属が擦れる音と共にさっきまで私達がいた空間へ黒灰の物体が殺到。

身体に凄まじい重圧を感じ、地面に膝をつきながら、私とメイド達は悲鳴をあげます。

「姉様っ！！！！！」『リディヤ御嬢様っ！！！！！』

——姉様は、周囲八方向の地面から出現した黒灰の鎖に囚われていました。

両手両足、胴体と双剣に絡みつく禍々しい鎖。凄まじい魔力の奔流。

八方向から先程消え、再出現した魔導兵達が片目を光らせ、腕から鎖を放出しています。

拘束結界⁉ そして、さっきの呪符は——転移魔法っ！

でも、こんな、こんな威力の結界なんて……あり得ない！

直接影響下になく、余波だけの私達ですら動くのが困難な程、重圧を感じます。私を含めメイド達は皆、膝をつき立てません。

一人立つ、リリーが咄嗟に炎花の壁を張ってなお、この有様。まして、姉様の身ならば、どれ程の……。

奥の魔導兵達の近くに姿を現した灰色ローブ達が哄笑します。

「苦しいだろう？　諦めて、膝をついてしまえ！　そうすれば、楽になるぞ!!　大丈夫だ。当面、殺しはせぬ。リンスター直系にして『忌み子』である貴様の『血』があれば、我等の研究は更に進む。薄いウェインライトの『血』にも飽きたしなぁ」

「この戦略拘束結界の名は『八神絶陣』。かつて『八異端』と奴等が操ったモノを囚える為に作られた代物。本来、八つで発動させるところ、今回は二つの大魔法のみだが、覚醒前の『忌み子』相手ならば十分。双翼の悪魔すら拘束した結界だ。その中で炎は使えぬ。諦めよっ!!」

「…………っ」

姉様が結界の中、歯を食い縛られ、口元からは血を流されます。

黒灰の鎖が更に姉様を締め付け――遂に双剣が地面へ落下。突き刺さりました。

「姉様っ！！！！！」

私は、必死に剣を地面に突き立て、何とか立ち上がろうとしますが……身体が鉛のように重く立てません。右側の頬に魔法式が蠢いている男が嘲笑します。

「はっはっはっ！　『剣姫』なぞという御大層な異名を持っていても所詮はこの程度よ。ロログよ。あの男――東都で、レフの奴が倒したらしい獣擬きの名は何だったかな？」

「ラコムよ。『アレン』だ。……忌むべき名ぞ。異端者だ。獣擬きにしては相当やったようだが、所詮、我等、新使徒の敵ではない」

⁉　あ、兄様が……この男達の仲間に、ま、負けた!?!!

身体がガタガタと震え、力が抜けていきます。

そんな、そんな……嘘。嘘です。兄様が、兄様が……。

リリーが一喝します。

「リィネ御嬢様！　アレンさんは、こんな輩なんかに負けたりなんか、絶対にしませんっ!!　卑怯極まりない手を使われたに決まっていますっ!!!」

「っ！」

年上メイドは膝を屈せず、たただ前だけを見ています。

ラコムとロログが嘲嗤います。

「おお、そうだ。そんな名前であったな。忌み子。獣擬きは随分と抵抗したそうだぞ？レフの奴は我等と違って慈悲がない。無惨な最期であったろうな」

「お前の『名誉』とやらを守る為に、最後の最後まで暴れ回ったと聞いた。ハハハ。随分と主人への忠誠心が厚い獣擬きを飼っていたものだ」

「…………そう。やっぱり、あいつは、私の『名誉』なんて、言ったのね？」

姉様は小さく零され、右手で鎖を掴まれました。

——結界が震え、金属は不協和音を放ちます。

ラコムとロログも異変に気付いたのか、魔導兵達へ命令を発しました。

「もっと、もっとだ！　もっと、締め上げよっ!!」

「早く、早くだっ!!　膝をつかせ屈服させよ!!」

圧力が更に強くなるのが分かりました。

ですが、姉様はよろめかれながらも膝をつきません。

それどころか、ますます、鎖を握りしめる右手に力が込められているのが分かります。

俯かれている姉様が小さく独白されました。

「……もう、諦めて、いたの」

「？　何を言って？？」「痛みで狂ったか？？」

男達が、訳が分からない、といった表情を浮かべます。

姉様は答えず。独白は続きます。

「ついこの間まで——……私は『リンスターの忌み子』と呼ばれていた。四大公爵家、『炎』を司るリンスターに生まれながら、小さな頃から蠟燭の火程度しか点けられなかった。ありとあらゆる本を読んで、出来うる限りの努力をした。それでも……身体強化魔法以外の魔法は使えるようにならなかった」

胸が軋みます。

王立学校入学前の姉様は……思い出したくありません。

「そんな『公女殿下』に世間の目は冷たいものよ。散々言われたわ。『欠陥品』『公爵家には相応しくない』『リンスターの血汚し』『いっそ、姓を捨てるべき』。私は…………私はこの世界に絶望した。私が見ているこの世界は、余りにも、余りにも……暗かった。『星』一つない夜みたいに」

一族と領内の皆は私を愛してくれたけれど……という呟きが聞こえ、メイド達が泣き始めました。私の視界も涙で曇ります。

「でも、こんな欠陥品の私が『星』を得るなんて烏滸がましい。この真っ暗な……真っ暗な世界を歩いていけるわけなんかない。そう、諦めていた」

「貴様、さっきから、何を言って！」「いい加減に――っ⁉」

鎖が激しい音を発し、結界そのものが大きく揺れます。

姉様の声が大きくなります。

「だから！　これで最後にしようって、何かを望むのは最後にしようって……勇気を出して、最後の勇気を振り絞って――……王立学校の入学試験を受けた」

俯いていた姉様が顔を上げられました。

困ったような微笑み。

「そこで私は——……あいつに出会った。『奇跡』……だと思った」

姉様がどれ程、どれ程、兄様を想われているのか……この笑顔を見てしまったら、誰でも気づくでしょう。

「一目見て分かったわよ。だって、それまで、ずっと、ずっと、私はあいつに——私の手を引いて歩いてくれる人と出会わせてください、って祈って、祈って、祈って…………祈り続けていたんだから」

鎖の各所に炎が発生し始め、感情無き魔導兵達も、何処か動揺したかのように見えます。

「あの時の自分を思い出すと、今でも笑っちゃうわ。精一杯虚勢を張って、目の前の学校長よりも、あいつのことが気になって、気になって……私の勘は当たっていたわ」

戦場にそぐわぬ明るい口調と満面の笑みを浮かべられ、姉様がはにかまれます。

まるで——普通の女の子みたいに。

場にそぐわない秘密の告白。

「あいつは、私の剣技を見て『綺麗だ』と言ってくれた。小さな子でも使えるような魔法しか使えない私に『世界最高の魔法士になれる』と言ってくれた。こんな……こんな可愛くない私に『可愛い』と言ってくれた」

言葉の一つ一つから、どれだけ姉様が兄様の言葉を大切に、大切にし、そして、兄様を心の底から愛しく想われているのかが伝わってきます。

「それが、それだけのことが、どれだけ、どれだけっ、私に力を与えてくれたかっ！

……この世界の誰にも分からないでしょうね」

——口調がガラリ変わり、自嘲気味に。

ラコムとロログが叫びます。

「き、貴様！」「い、いい加減に」

「あいつは——私に全てをくれた」

叫びを無視し、姉様の独白は続きます。

「優しさも、穏やかさも、手を繋ぐ恥ずかしさも、抱きしめられる嬉しさも、あいつと仲が良い女の子に嫉妬することも、他人に肩を預けられる温かさも……一緒にいられるだけで、あんなにも、あんなにも、心から幸せになれることもっ……全部、全部をくれたっ！」

私達も、灰色ローブ達も言葉を挟めません。

――否。

理屈じゃなく、皆、本能で理解したんです。

今、ここでこの独白を止めたら……大変なことになる。

「あいつは、私を――……『リンスターの忌み子』と呼ばれたこんな、こんなどうしようもない私をっ！　どん底の真っ暗な闇から救い出すだけじゃなく、隣で一緒に歩いてくれた。出会ってからずっと、ずっと歩き続けてくれた。私のこの手を握って。どんな時も。どんな時も……！　私なんかと一緒にいることで、あいつはたくさん汚い言葉を投げかけられて、嫌な目にもたくさんあった筈なのに……一切おくびにも出さずに」

姉様の内から、膨大な底知れない魔力が溢れ出ようとしているのが、はっきりと分かります。戦略拘束結界内では遂に炎羽が出現。鎖だけでなく、結界を形成する空間そのものを燃やし始めました。

生まれて初めて聞く、姉様の弱々しい告白。

「……前に進むのは、とてもとても恐ろしいことで、勇気が必要。私自身に……そんな勇気はもう一欠片だって残っていなかった。幾らあいつが一緒でも……怖くて、怖くて、怖くて……何回、何十回、何百回、何千回、何万回、もう立ち止まってしまおうか、と思ったか知れやしない。でも――」

姉様が顔を上げられました。

瞳には強い強い意志。そして……全てを焼きつくさんとする煉獄の業火。

「あいつは私を信じてくれた。誰よりも、誰よりもっ、自分自身よりも信じてくれた！ 信じ続けこの手を引いて、一緒にこのろくでもない世界を歩いてくれた!!」

遂に八本の鎖全体が炎上。灰色ローブ達の顔が青白くなっていきます。

姉様の絶叫。

「そして、この世界が生きるのに値する世界なんだと……こんな私と一緒に歩いてくれる人が確かにいるんだと……私に教えてくれたのよっ!!!」

瞳に凄まじい意志と決意。それに覚悟。

魔力が奔流となって、結界内を荒れ狂うのが分かりました。

言葉を叩きつけられます。

「だったら――……だったら、私が先に立ち止まるわけにはいかないじゃないっ！ 私の名前はリディヤ・リンスター。『星』に憧れ、『星』に祈り、『星』に恋し、『星』を……………自分の愚かさで喪った者。そんな私になんて、何の、何の価値もないっ。本当は此処から先、一人で前へ進む勇気だってない……前へ進む意味もない……。でもね？」

ここで初めて、姉様はラコムとロログへ視線をやりました。

金縛りにあったかのように、男達の身体が硬直しています。

「私は東都へ行かないといけないのよ。この身が砕けようが、どんなに傷つこうが、行かないといけないのよ。自分の死に場所くらい、あの時……あいつに初めて会ったあの時から決めているわ。私の死に場所はあいつの隣だけ。これだけは、たとえ、あいつに怒られても曲げない！　曲げられない!!　私の『名誉』？　それは、あいつの、アレンの『剣』であること。ただ、それだけなんだからっ！！！！」

鎖を持つ右手の甲に深紅の紋章が輝き始めました。鎖を強く強く握りしめ、吐き捨てられます。

「あんた達が、何であろうが、誰であろうが……たとえ、古の英雄擬きだろうが、何一つとして関係ない。言えるのは、ただこれだけよ」

無数の炎羽が結界内で舞い踊り、八本の鎖に亀裂が走っていきます。

そして――

「私の、邪魔を、するなっ！！！！！！！！！！！！」

姉様が叫ばれ、鎖を握りしめていた右手を振り下ろされました。

次の瞬間――空間そのものが歪み、軋み、悲鳴を上げ、八本の鎖が次々と断ち切られ、戦略拘束結界そのものが崩壊、消滅しました。

魔導兵達がよろめき、私達の身体も軽くなります。

ラコムとロログが激しく動揺。私達も呆気に取られ言葉が出ません。

「っ！？！！　ば、馬鹿なっ!!!　ひ、人の身で、未完成とはいえ、戦略拘束結界を素手で引き千切るなぞ……そんな、そんな馬鹿げたことがあってたまるものかっ!!!」

「魔導兵共！　その化け物を止めよっ！　殺しても構わんっ!!」

ロログの命令に八体の魔導兵が即反応しました。足下から鎖を射出し、巨体からは想像出来ない機動力を発揮。八方から姉様へ襲い掛かります。

なのに、姉様は目の前に突き刺さった双剣に手を置かれたまま動かれません。

私は悲鳴をあげます。

「姉様っ！　危ないっ!!」

魔導兵の持つ大剣、長槍、大斧、戦鎚が姉様目掛けて振り下ろされ――轟音。上空遥かまで土煙が巻き起こります。

私とリリー、そしてメイド達は咄嗟に張った魔法障壁で防御します。

――背筋に、ゾワリ、と震えが走りました。

この魔力は、何？　何なの⁉

こ、こんな、こんな……禍々しい魔力、知らないっ！

私の前にリリーが立ちます。その横顔には見たこともない険しさ。

「リリー？」

「……リィネ御嬢様、視界が回復します」

年上メイドは私を見ずに状況を報告。口調も普段と異なり、冷静です。

土煙がゆっくりと晴れていきます。

「あ、ね、様……？」

八体の魔導兵を戦場上空から睥睨していたのは、四枚の炎翼を纏いし『剣姫』。

けれど、けれど……私の身体は勝手に震えてきます。

時に見せた純白とは全く異なるもの。

姉様の、リディヤ・リンスターの炎翼は——王立学校演習場で、兄様と魔力を繋がれた時に見せた純白とは全く異なるもの。

……血の如き紅……。

絶句する私達を他所に、ラコムとロログが絶叫します。

「何をしているっ！　奴を殺せっ!!　殺すのだっ!!!」

「急げっ！　『忌み子』を滅せよっ!!　早く、早くせよっ!!!　間に合わなくなるっ！！！！　完全に覚醒してしまえば、あの女は世界そのものの——」

魔導兵達が足下から鎖を生み出し、一斉に跳躍。いけないっ！

私は咄嗟に『火焔鳥』を放とうとし——前に立つリリーの手に阻まれます。

「リリー!?」

その後の言葉を続ける時間はありませんでした。

姉様が、「『——』」何事かを呟かれ、

次の瞬間、八体の魔導兵は空中で真っ二つにされていました。

は、八体同時に、斬った!?

しかも、姉様の姿はいつの間にか地上に。

……まったく動きが見えませんでした。

それでも『蘇生』の灰光が瞬き、空中で身体を繋ぎ合わせようとする魔導兵達へ、姉様の炎翼が『剣』となって襲い掛かります。

魔導兵達も『光盾』を生み出し防御しようとし――血紅の幾何学的な剣閃が空中を走ります。あれ程までに高い防御を誇った光の盾はあっさりと分解。

魔導兵達はそのまま剣閃の嵐に刻まれ落下、炎上しました。

『!?』

私やメイド達、そして灰色ローブ達も硬直します。

『光盾』を切り裂き、『蘇生』すら許さないなんて……。

あと、その前に八体を斬った移動術はいったい――リリーが小さく零しました。

「……短距離戦術用転移魔法。アレンさんのメモに書かれていた魔法式を、もう」

姉様は双剣を構えられ、ゆっくりとラコムとロログへ向き直ります。

姉様の魔力に連動し、周囲一帯を炎羽が狂ったように舞い、炎上させていきます。

ラコムとロログが呻きました。

「ば、化け物めっ！」

「かくなる上は……致し方あるまい。ロログ！」

「くっ……分かった」

二人は懐から、何かを取り出しました。

――小さな硝子瓶。

中に入っているのは……『血』？

灰色ローブ達はそれぞれ硝子瓶を握りしめ、砕きました。

両頰の魔法式が瞬き、禍々しくも強い光を放ち始めます。

姉様は目を細められました。

「……その『血』。ジェラルドの」

「我等、聖女様に選ばれし、新たな使徒っ！」「異端者を剣持ちて滅するものっ！」

「――おお、偉大なる聖女様と聖霊を讃えよっ！！！！！」

ラコムとロログが叫ぶと、先程倒した筈の魔導兵達の魔力が、巨大な黒灰の竜巻となって二人を呑み込んでいきます。

現実離れした光景に私達は魔法を放つのも忘れ、ただ呆然。

い、いったい、何をして……。

――竜巻の中から、ぬっ、と巨大な腕が姉様目掛けて振り下ろされました。

「ちっ！」

舌打ちされながら、姉様が私達とは逆方向へ後退。

叩きつけられた腕は地面を割り、轟音と、凄まじい土煙が巻き起こりました。

私は瞳を見開き、震える声を発します。

「な、何なの……何なの、よ？　あ、あれは……？」

――私達の眼前に出現したのは、黒灰色の巨大魔導兵でした。

魔法で再構築したのか、分厚そうな鎧兜姿です。右手には鎖が巻き付いている大剣を持ち、兜の中の瞳は不気味に光っています。

全長は東都の駅で見た時計塔よりも高いでしょうか。

王国西方には巨人族もいますが、優に倍……いえ、三倍はあります。人族の背丈と比べると、十数人分はありそうです。

それでもっ！　私は命を発します。

「大きな的ですっ！　皆で集中射撃っ！」『っ！　はいっ!!!』

私とメイド達は、巨大魔導兵に対して自分達が放てる最大の攻撃魔法を一斉射撃。

リリーだけは、参加せず魔法を幾つか紡いでいます。

私の『火焔鳥』と数十発の各属性上級魔法が巨大魔導兵を捉え――

『！？！！！』

先程よりも遥かに禍々しさを増した黒灰色の『盾』によって防がれ――私達へ反射。まずいっ！　このままじゃっ!!

対して、前方に躍り出たリリーは両腕を大きく振り

「させませんっ！」

炎花の障壁を五重形成。跳ね返って来た魔法を防ぎきります。

衝撃が大き過ぎて唖然としている私達に対して、巨大魔導兵は右手の大剣を上段に構え、

『っ！！！！！』

私達の前方へ無造作に振り下ろしました。

凄まじい振動。大地が大きく穿たれ、土煙が遥か上空まで立ち上ります。立っているのも困難。リリーですら顔を引き攣らせています。

巨大魔導兵が自分達の絶対優勢を確信している声を発しました。

『――そこで、大人しく見ていろ。我等が『忌み子』を殺すのを――』

この声――ラコムとロログ!!!

私とメイド達は剣を構え、魔法を紡ごうとしますが――両腕が勝手に恐怖で震えてきます。こ、こんな相手、い、いったい、どうすれば……。

「――……ねぇ？　聞きたいのだけれど？」

後方で、俯かれた様子の姉様が静かな問いを発せられました。

巨大魔導兵が身体を翻し、無数の黒灰の『大盾』を生み出し、大剣を構えます。

姉様はゆっくり、と双剣を自然に下ろされつつ続けられます。

「その力、ジェラルドの、ウェインライトの、古の英雄の『血』を用いたもの。……あんた達の親玉はそういう『モノ』を収集して、実験しているのね？　『血』を媒介にし無理矢理、複数の大魔法を使っている……。つまり、つまり――……あいつも、殺さずに捕らえた可能性は高い………」

後半部分は問いかけ、というよりも独白でしょうか。

巨大魔導兵となったラコムとロログが嘲笑します。

『我等に獣擬きを飼う趣味はない。無惨に死んだだろう。そして――今、お前も同じ場所へ送ってくれる。『血』は死体から回収すればそれで、良いのだからなっ！！！！』

大剣を両手持ちにし、最上段に振り被ります。姉様はそのまま棒立ち。

私は震える身体に活を入れ、動こうと試みますが——目の前のリリーに阻まれます。

「リリー!?」「……駄目ですっ！」

鋭い拒絶。

直後、巨大魔導兵は大剣を姉様に目掛け振り下ろし、

『『！？！！！』』

剣身は半ばから断ち切られ、宙を舞い、地面に突き刺さりました。

——そして、それを為したのは、姉様の右手の剣。

私は怯え混じりの声を発します。

「な、なん、なの……？　あ、あの、剣は……？」

いつの間にか——『剣姫』リディヤ・リンスターがその手に持つ双剣は、何の光も通さない漆黒と血の如き紅の炎を剣身に纏っていました。

リンスターが誇る秘伝『紅剣』？
けど、けど、姉様の『紅剣』はあんな、禍々しいものじゃ………。
ラコムとロログは恐怖混じりの怒号を発し、
『おのれぇぇぇぇぇぇ！！！！　化け物めぇぇぇぇぇぇぇ！！！！！！』
断ち切られた大剣を振り下ろします。
姉様が顔を上げられました。
「……そうよ？　知らなかったの？　私は、あいつを助ける為なら……」
背中の羽が黒紅に染まっていき、六翼となり——瞳を深紅に染め上げ、絶叫。
「化け物にだって、『悪魔』にだって、何にだってなってやるわよっ！！！！！！！」
双剣の黒紅炎が急拡大。
剣閃は残影を残して弧を描き、数十枚の黒灰の『盾』ごと巨大魔導兵の胴体を横薙ぎ。
刹那、垂直に振り下ろされた剣撃は、上空の雲すらも断ち切りました。

『ば、馬鹿(ばか)っなっっっっ!?!!!!!!』

身体を十字に切断され、驚愕(きょうがく)の叫びを発する巨大魔導兵に三頭六翼、異形の『火焔鳥(かえんちょう)』が黒紅の羽をまき散らしながら、直撃。

この世の物とは思えない業火(ごうか)が巻き起こり、全(すべ)てを燃やし尽(つ)くしていきます。

私は目の前に立つ、リリーの腰(こし)に強く抱(だ)き着きます。

………怖(こわ)い。怖いっ。怖いっ! 魔導兵ではなく、姉様のことがっ!

身体の震(ふる)えが収まってくれません。こんな、こんなっ!!!!

私達を見下ろしていた巨大魔導兵の身体が完全に崩(くず)れ、消失していきます。

「がはっ。はぁはぁはぁはぁ………」「な、何と、何という……」

その中から、血塗(ちまみ)れになり、荒(あら)く息を吐(は)きながらもまだ生きているロログとラコムが姿を現しました。魔力を限界まで振り絞(しぼ)ったせいか、髪(かみ)が真っ白になっています。

ラコムとロログは震える手で懐から呪符(じゅふ)を取り出しました。

姉様が冷たく問われます。

「……何処(どこ)へ行く気? まだ、聞きたいことがあるのだけれど?」

「黙れ黙れ、化け物めっ！　次は殺すっ!!」

「貴様は危険だ。危険過ぎる。我等が主の仰られる通り、今後の禍となる可能性が高い。捕らえるという認識は甘過ぎた……次は殺しきってみせるっ。煉獄で『剣姫の頭脳』と再会させてくれよう」

「…………へぇ」

炎上しつつある戦場で、一気に温度が下がった気がしました。

ラコムとロログは持っていた呪符を展開。姿が掻き消えます。

しまったっ！　逃げられ——姉様が無造作に左手の剣を振るわれました。

斜め前方の空間が引き裂かれ、その狭間から炎に包まれた四つの物体が落下。

「がぁぁぁぁぁぁ！！！！！」「ぐぁぁぁぁぁ！！！！！」

男達の苦鳴が響き渡ります。……肩から先の右腕と左腕がありません。

転移魔法を——……斬った!?

『剣姫』が冷たく告げます。

「戦術用転移魔法は、結局のところ短距離しか跳べない。使うと分かっているならば、魔力を感知して斬るのは左程難しくないのよ。……これもあいつが私に教えてくれた。さぁ、知っていることを全部話しなさい」

ラコムとロログは腕に治癒魔法を発動しながらも立ち上がり、お互いの目線を合わせました。目が血走っています。

「ロログ!!!」

「分かっている、ラコムよ。……やるぞっ！」

そう叫ぶと、男達はボロボロな灰色ローブを破り捨てました。

――その身体の左右の半身には魔法式。生きているかのように蠢いています。

ラコムとロログが大絶叫。

「我等、殉教者なり！　死なぞ恐れず！」「我等、護教者なり！　悪魔を滅せん！」

「聖女様が、聖霊がそれを望んでおられるっ!!」

血走った眼を姉様に向けられつつ、心臓に自分達の手を突き立てました。

『っ！？？』

私達は唖然。いったい何を――急速に魔力が高まっていきます。

男達の身体がその場で空中に浮かび上がり、半身の魔法式が心臓部分に集束。

自爆する気!?

真面目な口調でリリーが命を発します。

「最大防御準備！」

「「!?　は、はいっ!!」」

メイド達が私の前に回り込み、次々と魔法障壁を張り巡らしていきます。

私は悲鳴をあげます。

「姉様っ！！！！！」

「………」

けれど、背を向けたまま答えられません。

男達の全身が黒灰色に染まっていき、血が伝うそれぞれの口元が醜く歪みます。

「死ぬがいいっ！　化け物めっ!!!」「聖女様の、聖霊の敵は今、ここで！」

姉様はそんなラコムとロログを冷たく眺められ、双剣を構えられました。呟かれます。

「……死ぬのなんて怖くないわ。どうせ、私はあの日……四年前のあの日、黒竜を相手にして一度死んだんだもの。けどね？」

背の炎翼が更に大きくなります。

「あいつがいない世界なんて……わたしは欲しくない。あいつがいない世界なんて……わたしはいらない。わたしはあいつの隣にいられるだけでいい。……それを邪魔するものは」

姉様が言葉を男達に叩きつけます。

「全部、全部、全部っっっ！！！！！　消えてしまえっっっ！！！！！」

「「死ねぇぇぇぇ！！！！！！！！！！」」

ラコムとロログも叫(さけ)び魔力(まりょく)が集束。弾(はじ)ける刹那——双剣は黒紅の煌(きら)めきを放ちました。

暴風が戦場に吹(ふ)き荒(あ)れます。

私達は爆発(ばくはつ)に備え——気づきました。

「爆発、しない？」

私は呟き、上空へ視線を向けます。

すると、そこにいたラコムとロログの顔は驚愕に歪んでいました。

「ば、爆発そのものを」「斬った、だ、と？　化け——……」

そして、そのまま身体が灰となり崩れ散りました。あまりにも呆気(あっけ)ない最期(さいご)です。

呆然(ぼうぜん)としつつも、私は気を取り直して姉様へ声をかけようとし——リリーが注意喚起(かんき)します。

「まだです！　敵軍、来ます‼」

周囲で様子を窺(うかが)っていたのでしょう。侯国(こうこく)軍予備兵力が私達目掛けて前進してきます。

約数千——いえ、万を超(こ)えています。軍旗からして両侯国の正規兵！

……この数。囲まれていますし、グリフォンで退避を選択すべきかもしれません。

焦る私達を他所に、姉様は冷たく軍勢を一瞥。小さく吐き捨てられました。

「……どいつもこいつも。わたしはあいつの所へ行かないといけないのに。――……ねえ？　いいわよね？　じゃまをするあいつらがわるいんだもの……」

まるで、兄様に甘えるように右手首の紅リボンに呟かれ、双剣を地面に突き刺し、祈りを捧げるかのように、先程までは決してつかれなかった片膝を平然とつけました。

――膨大な魔力。天が揺らぎ、大地が震え、黒紅の炎翼は八翼に。

敵軍も異常事態に気づき、次々と攻撃魔法を発動。姉様に降り注ぎますが、背中の炎翼が動き、千を優に超える魔法の全てを完全防御します。

非現実的な光景に敵軍の軍旗が戦慄き、馬上の敵将は攻撃命令を叫び続けています。

そんな中、双剣が黒紅の輝きを放ち始め、姉様の周囲の地面に、未知の精緻極まる魔法式が浮かび上がり広がっていきます。

見ていたリリーが、余裕のない切迫した声を発しました。

「全力で耐炎結界展開！　リィネ御嬢様もです!!」

「「っ⁉　はいっ‼」」「え？　わ、分かったわっ！」

メイド達が驚くも、すぐさま耐炎結界を形成。私も全力でそれに追随します。

目の前のリリーが両手を大きく真横に振るい、花の形をした炎楯を七重発動。

姉様の右手の甲に獣の如き紋章が再び浮かび上がり、深紅の血光を放っています。

直後、姉様はその魔法の名前を囁かれました。

「……『炎魔殲剣』……」

──まず、感じたのは大地の震え。そして泣き叫ぶような轟音でした。

次いで、周囲の地面を貫き、数えきれない黒紅炎の剣と血を吸ったかのような黒紅炎の荊棘が出現。

すぐさま、炎剣と荊棘は敵軍へ襲い掛かり、戦場に悲鳴と苦鳴、泣き声が響き渡ります。

武具は血しぶきと共に飛び散り、それら全てを黒紅炎が呑み込み、地形すらも変容。

私達も必死に耐炎結界を維持しますが、魔力の余波だけで、百以上の結界が次々と崩壊

していきます。

正直言って……何が起こっているのか分かりません。メイド達からも悲鳴があがり、身を屈めます。唯一、背筋を伸ばし、炎花の盾を展開しているのはリリーだけです。

……やがて、全ての音が止みました。

私は恐る恐る、周囲を見渡し――

「な、何？　な、何なの、これはっ⁉」

取り乱し、目の前のリリーにしがみ付きます。

私達は何時の間にか、小高い丘の上にいました。

無事なのは此処だけ。

あとは全て……炎剣と荊棘の燎原と化していました。

周囲の敵軍は、武器という武器、防具という防具は断ち切られ、軍旗の悉くは炎上。荊棘はまるで生きた炎蛇のように敵兵達を囲み、覆っています。

焼け焦げる異臭の中、敵兵の悉くはその場でへたり込み、頭を抱えたり、神に祈ったりして、ガタガタと震えているのが見えました。

こ、これだけの規模の魔法で、誰も殺していない⁉

リリーが単語を零しました。

「……炎属性戦術禁忌魔法です」

「禁忌、魔法？」

余りの威力故に二百年前の魔王戦争時ですら、人族と魔族とが話し合い——人魔協約で使用を禁止した、とされる魔法。姉様の部屋で見た、それ。

確か『先方が先に規則を破った場合は、使用可能』だった筈なので、敵が大魔法『蘇生』『光盾』を使った挙句、魔導兵までも投入してきた以上、違反ではありません。

ありませんが……まさか、こんな、こんな……！

姉様の何の感情もない声が、風魔法に乗って戦場に響き渡ります。

「——……動くな。喚くな。私の機嫌を損ねるな。今ここで死ぬか。後で無駄な時間を使わせた罪で死ぬか。選びなさい」

この瞬間——敵軍から、士気が完全に喪われ、砕け散ったのが分かりました。

辛うじてまだ破損した武器を握っていた者達も、それを放り出し、両手を掲げていきます。もう、彼等は二度とリンスター相手に戦おうとは思わないでしょう。

姉様が双剣を地面から引き抜き、立ち上がられると鞘へ納められました、背中の炎翼と右手の紋章も消失し、瞳の色も普段のそれに戻ります。

そして、此方を向き、年上のメイドへ指示を出されながら歩きだされました。

「……終わりね。リリー、御母様と御父様へ連絡して。後始末は任せるわ」

そのまま返答を待たず通り過ぎました。私も剣を納め、慌ててその後を追います。

すると、背中から従姉が悲しそうに姉様の名前を呼びました。

「リディヤちゃん」

「…………」

姉様が無言で立ち止まられました。

リリーが泣きそうな声で訴えます。

「駄目だよ。こんなことしたら……。アレンさんが、アレンさんが悲しむよ……」

姉様の身体が一瞬震えました。私の額を冷たいものが打ちます。……雨？

戦場に降る冷たい雨に打たれながらも、姉様は従姉を見ず——天を仰ぎ返答されます。

「そうかもね。あいつは怒ると思う。多分、本気でお説教だわ。私が謝るまで許してくれない。…………けど、けどね？」

……あいつは、アレンは、今、私の隣にいないもの……。

そう小さく、小さく、泣きそうな声を姉様は零され、歩みを再開されました。

胸が、ぎゅっと締め付けられます。…………姉様。

私はシーダのお守りを胸に押し付け、強く、強く、祈ります。

兄様、どうか、どうか……どうか、御無事で！

そうじゃないと、そうじゃないと、姉様が、姉様の心が……壊れてしまいます……。

私じゃ……姉様を怖がってしまった私なんかじゃ……救えません。救えないんですっ。

――この日、リンスター率いる南方諸家はアトラス・ベイゼル侯国連合軍相手の野戦で戦史に残るだろう完勝を収めました。

敵軍主力は潰走。大多数の傭兵を捕虜に。それでいて、此方の戦死者は皆無。集積されていた大量の軍需物資も奪取しました。

捕虜になった傭兵の中には……精神を病んだ者もいたようです。

けれど、戦史に残るだろう大勝を収めたにも拘らず、その晩の本陣の空気はとてもとても重苦しいものでした。

――侯国連合に聖霊教の影あり。

この事実は、今後の戦いが難しくなるだろうことを、容易に想像させました。

そして何より――本陣の片隅で、双剣と兄様の血痕が残り、魔法の影響か開戦前よりも端が黒く焦げているリボン、そして止まった懐中時計を抱きしめ死んだように眠っている、美しい紅髪を切った、黒のドレス姿の『剣姫』リディヤ・リンスター。

その姿は余りにも痛々しく……昔の姉様を、皆に強く強く思い起こさせました。

家族も、この世界も、自分すら信じられず……ただただ剣しか信じていなかった『リンスターの忌み子』。

兄様と出会われる、王立学校入学直前の、闇に呑まれそうになっていた姉様の御姿を。

シーダが気を利かせて、姉様にブランケットをかけようとするのを、私はこう言って止めるしかありませんでした。

『……止めなさい。死にたいの？』と。

エピローグ

「――良し！」

私は大樹内に設置された簡易病室の一室で、装備を確認し、頷く。

王立学校の制帽と制服。真新しい淡い紫の鞘に納まっている短剣。

そして――兄さんが置いていった懐中時計を手に取り、懐へ仕舞う。

消耗し切っていた魔力も完全に回復した。……兄さんは、何時もこんな辛い思いを。

外からは微かに戦場の音。数日前よりも確実に近づいている。急がないと。

鞘に指を滑らすと『大丈夫。落ち着いて。カレンなら出来るよ』という、兄さんの優しい声が聞こえる気がして、胸がズキリ、と痛む。

――兄さんが、私を置いて新市街の人々を助けに行って早六日。

未だ近衛騎士団と自警団、それに義勇兵は大樹を死守し続けている。

特に、兄さんと一緒に人々を助けに行き、帰還した近衛騎士様達、そしてスイさんを中心とする救出された自警団員の奮戦ぶりは凄まじいもので――扉が開いた。

「カレン!?」「カレンちゃん～寝てないと」

「……カヤ、ココ」

心配そうに私へ駆け寄って来たのは栗鼠族と豹族の幼馴染だった。二人共、臨時で負傷者の手当てを担当していて、白衣姿だ。

私は決意を伝える。

「もう、大丈夫よ。私は戦える」

「カレン！　駄目よ！」

「そうだよ～。『子供は大樹の中にいろ』って族長様達が……」

「……知らないわ。そんなの、私の知ったことじゃないっ！」

歯を食い縛り、吐き捨てる。

既に大樹前の大広場は陥落し前線は大橋中央だ。リチャード様率いる近衛騎士団とロロさん率いる自警団、そして多くの義勇兵達の奮戦によって持ちこたえているに過ぎない。

私は言葉を絞り出す。

「族長達は会議室に閉じこもって、意味がない議論を繰り返してるっ！　そんな人達の言うことを、どうして私が聞かなくちゃいけないのっ!!　――兄さんは、絶対に、絶対に死んでなんかいない!!! 私が兄さんを助けに行かないで、いったい誰が行ってくれるっていうの……?」

「「…………」」

カヤとココが俯き沈黙する。二人にも分かっているのだ。

私は幼馴染達に「……心配してくれてありがとう。母さんをよろしくお願い」と伝え、部屋を後にした。

大樹の中は人で溢れかえっていた。

その多くは老人、女性、子供。父さんを含め魔道具職人さんの人達の姿もなし。外で陣地構築や補修を手伝っているのだ。

時折、表門が開き、明らかに重傷な人を載せた担架が入り、駆けて行く。

私はそんな光景を後目に表門へと向かう。

途中、狼族族長の子、トネリとその取り巻き達の姿を見かけたけれど、明らかに憔悴し怯えていた。鼠族のクーメの姿がない。……逃げ遅れたのだろうか。

表門前には、私と同年代の女の子達が立っていた。

一人は人族の近衛騎士で、もう一人は山羊族の自警団員だ。

私を見て声をかけてくる。

「貴女は……アレン様の」「妹さん。外は出ちゃ駄目だよっ！」

「……そこをどいてください。私は兄を、私の兄さんを助けに行かないといけないんです」

「っ！　……副長より、厳命されております。『カレン嬢を戦場に立たせるな。僕はあの子をアレンから託された。約を違えるつもりはない』と」

「……私もロロ団長とスイ兄から、『絶対に外へ出すな』って言われてるのっ！」

――重傷を負われながらも、大樹へ帰還されたリチャード様は、応急手当を受けただけで、父さんと母さん、そして私の元へやって来て、戦場で何があったのかを教えてくれた。

話を聞き終え、泣き崩れた母さんを震える父さんが抱きしめ、私は呆然自失。

『僕に、僕にもう少し力があれば……油断を突かれ、無様に傷を負わなければ……アレンをあの場に残すことはなかった！　全ての責任は、この僕、リチャード・リンスターにある。どうか、どうか、事が全て済んだ後、存分に責めていただきたい………』

顔を歪ませながら母さんと父さん、そして私に詫び続ける、傷だらけのリチャード様。

その話を聞いた時、私は悲しかった。心が引き千切れそうになるくらい。

同時に――『嗚呼……やっぱり』とも思った。だって、私の兄さんはそういう人。

自分よりも他者を大事にし、全力で助けることに躊躇しない。

まして、ここは東都。私達の故郷。

知っている人達をどうしても、どうしても見捨てられなかったのだ。

……たとえ、それが自分の命を犠牲にしなければ成し遂げられないものだったとしても。

誰よりも優しく、甘く、強く、勇敢で、最後の最後まで諦めない。

まるで子供の頃読んだ絵本に出てくる『英雄』のよう。

でも、兄さんはきっと私にこう言う。

困った顔を浮かべて、頭を優しく撫でてくれながら。

『カレン、僕は自分に出来ることをしているだけだよ。それに――きっとカレンだってそうするだろう？　だって、僕の世界でたった一人しかいない自慢の妹なんだから』

……馬鹿。兄さんの馬鹿。ほんとに、ほんとに大馬鹿。

私は、あの時から――貴方が足を挫いた私を迎えに来て『大丈夫かい？』と優しく手を握ってくれたあの時から、ずっとずっとずっと貴方の背中だけを見てきたんですよ？

貴方に追いつきたくて、貴方が家に残したノートと、王都から送ってくれるたくさんの本を擦り切れる程、読み込んで読み込んで……。

王立学校に入学した後も、ただ、貴方に追いつきたくて。追いついて、今度は私が困っている貴方の手を取って『妹は兄を助けるものなんです』って言ってあげる為に。

そう決意して、頑張って、頑張って、頑張って……ようやく、遠かった貴方の背中に手が届きそうな位置まで来れたのに。

――こんな結末なんか、私が覆してみせる。私は諦めない。諦めてなんかやらない。

たとえ、相手が誰であろうと、今度は――今度は、私が兄さんを救う番なんだから！

真新しい漆黒の短剣を引き抜き、軽く空中に投げ、紫電を集束。

――右手に雷の十字槍が顕現。以前よりも遥かに猛々しく、魔力が制御し易い。

それを見て蒼白になりながらも、入り口前に立つ二人は退こうとしない。私は告げる。

「……警告はしました。謝罪もしません。全てが終わった後で罰は受けます」

その時、嗄れた声が私の耳朶を打った。

「……カレン、駄目よ」

「！　母さん」

振り向くとそこにいたのは、母のエリン。身体がふらついている。

普段は元気いっぱいで若々しく、年齢不詳な人なのに……慌てて駆け寄り、手を取る。

――ゾッ、とするほどの冷たさ。

母さんの呟き。

「ああ……カレンは温かいわねぇ……」

「母さん、寝ていてください。父さんが心配します」

「心配なのは、貴女よ、カレン。今だって、若い騎士様達を困らせて」

「……母さん、私は強くなったんです。だから、兄さんを助けに！」

「カレン」

母さんが私に抱き着いてくる。小さな身体は、この数日で更に小さなものに。

身体は震え続け、静かな思い出話。

「……あの子はね、赤ん坊の頃から手がかからない子だったの。最初の数日なんて、泣いてもくれなくて……。病気なんじゃ、と思って、ナタンと慌てて病院へ行ったら、何も異常もなくて。だけど、私を見て、ずっと、ずっと笑顔で……笑顔で……。虐げられて辛い時もあったけれど、大きくなった後も、毎日、笑って、たくさん話をしてくれて……それが、私達にとってどんなに嬉しいことだったか。王都に行ってからも、手紙を欠かさず送ってきてくれてね。ふふ、今だから話すけど、貴女が王立学校に受かった時の手紙なんて、飛び上がらんばかりだったのよ？」

「……母さん」

私の声かけにも応じず、母さんの独白は続く。

周囲の人達が聞き耳。私を追ってきたカヤとココは今にも泣き出しそう。近衛騎士と自警団員の女の子も身体を震わせている。

「あの子の名前はね……魔王戦争の時に活躍された凄い英雄の名前をもらったの。……でもね？　……でも。私は、私とナタンは、あの子に英雄になってほしいと思ったことなんて、一度だって、ただの一度だってなかったのよ？　どんな場所でも笑顔を絶やさず、誰にだって優しく、少しだけ意地悪。いるとぽっ、と灯りがともるようだった、っていう彼の昔話が大好きで、そういう子になってほしい、と願ってつけたの――『アレン』と」

「母、さん……もう……もう……」

視界が涙で滲んでくる。雷槍は消失。短剣が手から離れ。床に落下し突き刺さる。

「あの子は、私達が願った通りの優しい……世界で一番優しい子に育ってくれた。あの子と貴女は私とナタンの誇り。生きる希望。それは絶対に揺らがない。私とナタンは……あの子を拾ったのを後悔したことなんてないもの。むしろ、あの日……雨宿りに寄った廃屋で、あの子に出会えたことを、ずっと、ずっと、ずっと大樹様に感謝してきた。感謝し続けてきた。だって、そうでしょう？　あの子は、アレンは……世界でたった一人しかいない、大事で愛しい私の、私達の息子なのよ？　血の繋がり？　獣耳と尻尾がない？？　それがなんだって言うのっ！　あの子は、あの子は、私の、私達の………」

「母さん！」

叫んで、母さんを強く抱きしめる。周囲からも啜り泣きが聞こえてきた。

――静かな慟哭。

「あの戦争で『流星』は、最後にはみんなを守って燃え尽きてしまった。最後の最後まで笑顔だったそうよ。その結果、人は辛うじて勝利をおさめた。灯りをともしたのよ――希望の。でも、でもね？　私は、私達は、あの子にそうなってほしかったわけじゃない。……わけじゃないのよっ！　笑顔を浮かべて、元気で……偶には帰ってきてくれて、私達へ嬉しそうに話をしてくれれば――それで、それだけで良かった。命を投げ出す『英雄』になんかなるのではなく、ただただ、それだけで良かったのよ………」

身体の力が抜けていく。私は、兄さんを助けに行かないといけないのに……。

――誰かが私達に近づいて来る気配がした。

目元を拭い私は何とか立ち上がり、視線を向ける。

すると、そこにいたのは見知らぬ狐族の若い女性。その後方には狐族を中心とした多くの獣人達。皆、悲痛さを滲ませている。

女性の両足には姉妹だろうか？　二人の幼女がいた。余程、泣いたのか、目元が真っ赤になっている。その後ろにも泣いている灰黒髪の狐族の少女。

女性は私と母さんの傍までやって来ると、静かに聞いてきた。

「……貴女方は『アレン』という名の青年の、お身内の方々でしょうか？」

「…………」「……アレンは私の兄さんです。それが何か？」

「嗚呼…………申し訳、申し訳、ありませんっ……。どうお詫びと、感謝をすれば良いのか……申し訳ありませんでした……。そして、有難う、有難うございました！」

突然、女性はその場に崩れ落ち、沈黙している母さんの手を取り、謝罪と感謝を重ねてきた。

母さんと私は戸惑う。

いったい、どういう——幼女二人も、私に頭を下げてきました。

髪の長い子が、泣きながら必死に伝えてくる。

「……おにいちゃん、チホを、おふね、に、乗せてくれたの。『僕は最後』って……」

「イネ、やくそくしたの。おにいちゃん、『おねえちゃんを迎えに行くよ』って……」

チホという幼女の手を握りしめている、もう一人の幼女もまた痛々しい表情。

……兄さん！　……兄さん!!　…………兄さんっ!!!

約束を果たす為、自分の命を賭すなんて……バカです。大バカですっ！

でも――……でもやっぱり兄さんは、世界で一番の私の兄さんです。

私はしゃがんで二人の幼女を抱きしめる。

「――大丈夫です。大丈夫。今から、私がお兄ちゃんを迎えに行って来ます」

「……ほんとう？」「……おにいちゃん、だいじょうぶ？」

瞳を真っ赤にした幼女達が私を見つめてくる。

微笑み、頭を優しく撫でる――兄さんが私にしてくれるように。

「はい。だから、泣かないでください。ね？」

「「……うん……」」

「いい子達です」

私は袖で涙を拭い、床に刺さった短剣を引き抜く。

――迷いは完全に晴れた。

私は、私の為すべきことを、為すだけ。ただただ、兄さんを助けるのみ！

母さんの前で、頭を下げ続けていた女性が私を見ました。

「……お待ちください」

その瞳には強い覚悟と決意。女性はふらつきながらも立ち上がり、手を左胸に押し付けながら、驚くべきことを告げてきました。

「……アレン様に娘と多くの一族の命を救っていただいたこの御恩、我が名に懸けてお返し致します。申し遅れました。私の名前はミズホ。狐族族長ハツホの妹です。私は、姉へ『古き誓約』の履行を提案する所存です。王国西方の雄――ルブフェーラ公爵家との」

――微かに光が差した。

兄さん、少しだけ、少しだけ待っていてください。

今度は、私が貴方を助けに行きますっ！

＊

――そこは死臭と憎悪に満ちていた。

数百年に亘って使われずそのまま放置されていたのだろう。古い魔法式の痕跡が見えるものの、殆どは機能を停止している。

後から設置されたらしい魔力灯の光だけが頼りの、闇が支配する世界。

カツンカツン、と螺旋階段を降りる音が響き渡るけれど、反響音は返ってこない。

恐ろしく深い。

どうやら、この塔に生きた人間は僕達しかいない。難儀な事だ。怒鳴り声。

「とっとと歩け！　『アレン』なぞという、不吉な名前の獣擬きがっ！　間違っても逃げられると思うなよ？　お前に付けられたその腕輪は特別製だ。外さない限り魔法は使えず、逃げても探知は容易。しかも、十日後には死ぬ異端者用の呪詛が込められている」

「ここの四方は断崖絶壁しかも海。諦めろ。いきなり、死刑にしなかった我等の慈悲を有難く思うんだな――まぁ、死んでいた方がマシだったかもしれないが」

後ろから僕を押す、灰色ローブを纏い、首に鈍色の聖霊教の印をかけている二人の魔法士達が、勝ち誇り、強い蔑みの視線を向けてくる。

……ああ、懐かしいな。王立学校時代もこの手の視線はよく向けられたっけ。

にっこりと微笑むと、男達は動揺し半歩後退り。

再び階段を降りて行く。奥からは……強大過ぎる魔力。

――……底には『何か』がいるらしい。

ちらりと、後ろの二人を観察すると、当初の顔から一変。恐怖で青褪めている。

腸をかき乱されるような魔力の波動と共に、底より唸り声。

自然と身が竦む。ああ……これは怖いや。

僕をここまで連れてきた魔法士達は、ガタガタと震え、脱兎の勢いで階段を駆け上がって行った。最後まで役目を果たさないとは聖霊教の信仰も大したことはない。

肩を竦め、一段一段降りていく。

途中、設けられていた幾つかの牢には、人骨や判別出来ない獣の骨が散乱していた。かつては監獄として使われていたようだ。石材の劣化具合から建てられて少なくとも数百年が経過。所々には塩が噴き出ている。

それと、さっきの言葉。

『四方は断崖絶壁。しかも海』

――おそらく、王国東北部、四英海上の島、か。

そして、この古さと頑丈さから見て、魔王戦争以前の遺構の一つ。

一家庭教師を捕らえておくのにまた大層な……。手の甲で頬を拭う。まだ、出血してる。

此処に連れて来られる前、散々、いたぶられたから身体中が痛い。老大騎士から手当てを受けた箇所も血が滲んでいる。こういう時、魔法が使えないのは本当に大変だ。

ティナやリディヤの気持ちを真に理解出来る。これは辛いね。

……早く戻らないと。みんなが心配する。

あれで、リディヤは泣き虫なのだ。どうにか脱出しないと。

リチャードは無事かな？　大丈夫だとは思うけど……無理はしてほしくない。

母さんと父さん……カレンは怒ってるだろうなぁ。後で謝らないと。

——歩を進めていくと、どんどん魔力が濃くなっていく。息苦しい程だ。

生物……か？　だとしたら怪物確定。魔法を使えても、相対出来る相手じゃない。

当分、死なないんだけどな。少なくとも、リディヤとティナの中にいる『炎麟』と『氷鶴』の制御方法を確立するまでは。

入り口周辺は叛徒達に取り囲まれているだろう。出れば間違いなく殺される。

僕を生かしているのは、何かしら思惑があるのだろうけど……それは細い糸だ。この状態じゃ賭けられない。

つまり、降りて『怪物』と対面する他無し。

——どれくらい降り続けただろうか。

僕は、塔の最深部の広場へ辿り着いた。

薄ぼんやりとした古い魔力灯が、まだ生きている。

四方には巨大な牢。とても人用のそれではない。

手前の三方は空。最奥の一つには…………『何か』がいる。

空気が心なしか薄く感じられ、悪寒。唸り声は牢の奥から聞こえてきているようだ。

折角、ここまで来たんだ。覗いてみるとしよう。

踏み出そうとした――その時だった。

大きな音を立てて、聖霊騎士と灰色ローブの一団が階段を駆け降りてきた。数は十数名。剣と杖を油断なく構え僕を取り囲む。

一人の灰色ローブ――戦場でレフと呼ばれていた男が杖で僕を思いっきり打った。激痛に耐えかね、冷たい石造りの地面に倒れる。

「つぐ！」

「……頭が高いぞ、不吉な名前の獣擬きが。逃げなかったのは殊勝な心掛けだ」

「そ、れは、どうも……で？　僕に何をさせる、つもりなんです」

「簡単な事だ。役目を――『炎魔』の封を解き、そして死ね。お前は『使い捨ての鍵』なのだよ、『剣姫の頭脳』のアレン殿？　何れ世界を遍く救うだろう我が主から直々に、私はそう告げられている。ロログやラコムのような下位の新使徒とは違うのだ」

「……『炎魔』？　新使徒？　いったい、何の、ぐっ!!!」

レフが僕の背中を再度、杖で打ち付ける。冷たい通告。

「獣擬きとの会話は終わりだ。こいつを奥の牢へ放り込めっ！」

……まずい、意識が……。

両脇を聖霊騎士達に抱えられたのは分かったけれど、抵抗出来ない。

霞む視界の中で開いた巨大な牢の入り口が近づいてくる。背筋がざわつく。

僕を抱えている二人の聖霊騎士も気付いたのだろう。

一人が悲鳴をあげる間もなく、牢の中から跳んできた炎蛇に呑み込まれ、まるで嘘みたいに消失。それを見たもう一人の騎士は呆然。

剣を抜く間もなく、再度、炎蛇が騎士に襲い掛かり、再び消失。支えを失った僕は床に叩きつけられる。

この魔法、ジェラルドが使っていた短剣と同じ——炎蛇と視線が合った。そこには『意思』の光。身を翻し、そのまま牢の中へ戻って行く。……僕を呼んでいる？

「っぐ」

歯を食い縛りながら、腕で地面を這い、漆黒の闇に閉ざされた牢の中へ。

——奥からはこの世ならざる『獣』の唸り声が聞こえてきた。

あとがき

四ヶ月ぶりの御挨拶、お久しぶりです、七野りくです。

世間は大変な状況でしたが、今巻は予定通り四ヶ月で出せました！

本作はＷＥＢ小説サイト『カクヨム』で連載中のものに、例によって九割程度、加筆したものです。加筆の単語概念への挑戦は続く。……まだ、まだ大丈夫。


内容について。

あの子が大変なことになりましたが、予定調和かと思います。

彼が隣にいないあの子は紛れもなく各ヒロイン中、『最弱』です（『最強』はあの子）。

けれども、あの姿こそが、彼と出会わなかった彼女本来の姿。

境遇が似通る某北の小っちゃい公女殿下よりも数段弱く、遥か昔に心は折れてしまっています。

彼女にとって彼はかけがえのない存在。字義通り生きる希望。

反面、自分の命は鴻毛よりも軽く、粗末に扱います。

そして、そんな彼女を止める彼は、隣にいません。

止めるのは果たして誰になるのか。

次巻以降、御期待ください。本巻の結果、難易度は上がったけどねっ！


さて、宣伝です。

無糖党先生の公女コミカライズ版第一巻、今月発売となりました！　みんな、可愛い。

私、二年前のカクヨムコン3で二作品受賞しておりまして、此度、ようやく本になりました。同時発売の『辺境都市の育成者』よろしくお願いします。ヒロインの姓に注目を！


お世話になった方々へ謝辞を。

前担当編集様、ありがとうございました。裏での活躍、期待しています。新担当編集様、大変、お世話になりました。次巻もよろしくお願いします。

ｃｕｒａ先生、黒リディヤ、完璧です！　毎巻、毎巻、拝んでおります。

ここまで読んで下さった全ての読者様にめいっぱいの感謝を。

また、お会い出来るのを楽しみにしています。次巻、御伽噺と古き誓約です。

七野りく

公女殿下の家庭教師6
慟哭の剣姫と南方戦役

令和2年7月20日　初版発行
令和3年1月25日　4版発行

著者――七野りく

発行者――青柳昌行

発　行――株式会社KADOKAWA
〒102-8177
東京都千代田区富士見2-13-3
0570-002-301（ナビダイヤル）

印刷所――株式会社暁印刷

製本所――株式会社ビルディング・ブックセンター

※定価はカバーに表示してあります。
●お問い合わせ
https://www.kadokawa.co.jp/（「お問い合わせ」へお進みください）
※内容によっては、お答えできない場合があります。
※サポートは日本国内のみとさせていただきます。
※Japanese text only

ISBN978-4-04-073584-9 C0193

世界最強の

“不可能任務”に挑む少女たちの
痛快スパイファンタジー！

スパイ教室

竹町

illustration
トマリ